Christopher Pike • Stadt der 1000 Gefahren

Christopher Pike

Stadt der 1000 Gefahren

Die Deutsche Bibliothek – CIP-Einheitsaufnahme

Ein Titeldatensatz für diese Publikation ist bei
Der Deutschen Bibliothek erhältlich

Dieses Buch wurde auf umweltfreundlich
hergestelltes Papier gedruckt.

Der Schneider Verlag im Internet:
http://www.schneiderbuch.de

© 2002 by Egmont Franz Schneider Verlag GmbH, München
Alle Rechte vorbehalten
© 1995 by Christopher Pike
Minstrel Book, New York
Originaltitel: The Secret Path/The Howling Ghost
Übersetzung aus dem Amerikanischen: Luzia Czernich
Dieses Taschenbuch enthält die ungekürzten Einzeltitel:
Das Geheimnis des Grabes
Der Geist in der Finsternis
Erstmals erschienen 1997 im Egmont Franz Schneider Verlag
unter dem Serientitel: Spook City
Titelbild: Ferenc B. Regös
Herstellung/Satz: Gabi Lamprecht, 11 ˙ GoudyCatT
Druck: Clausen & Bosse, Leck
Bindung: Conzella Urban Meister, München-Dornach
ISBN 3-505-11759-5

Inhalt

Das Geheimnis des Grabes 7

Der Geist der Finsternis 119

Das Geheimnis des Grabes

1

Adam Freeman hatte den Umzug nach Spook City keineswegs geplant. Da er aber erst zwölf Jahre alt war, hatte er in dieser Angelegenheit nicht viel zu sagen. Seine Eltern hatten ihm erklärt, die Familie müsste wegen der Arbeitsstelle seines Vaters umziehen. Als sie ihm von Spook City erzählten, verwendeten sie natürlich nicht diesen Namen. Die kleine Stadt am Meer hieß in Wirklichkeit Spring City. Nur die Kinder der Stadt benutzten den beängstigenden, aber treffenderen Namen. Nur die Kinder wussten, wie unheimlich die Stadt nach Einbruch der Dunkelheit sein konnte.

Oder sogar am Tag.

Das war das Besondere an Spook City. Nicht alle Monster warteten mit ihrem Erscheinen bis zum Sonnenuntergang.

Während Adam den Umzugswagen entlud und seine Sachen in sein neues Zimmer hinauftrug, dachte er nicht an Monster und übernatürliche Erscheinungen. Aber das sollte sich bald ändern.

Und zwar ganz gewaltig!

„Adam!", rief sein Vater aus dem Wagen. „Hilfst du mir bitte bei dem Liebessofa!"

„Klar", antwortete Adam und setzte den Kleiderkarton ab, den er gerade nach oben tragen wollte.

Er half gern, obwohl er noch einen Muskelkater vom Einladen hatte. Das war vor zwei Tagen in Kansas City, Missouri, gewesen. Irgendwie war sein Vater verrückt. Er war die ganze Strecke bis zur Westküste der Vereinigten Staaten durchgefahren. Adam hatte auf einer Gummimatte hinten im Lastwagen geschlafen. Die Straße war ziemlich holperig gewesen.

Adam war klein für sein Alter, aber er wuchs beständig und rechnete sich aus, dass er schon bald aufgeholt haben würde. Das Problem war, dass es niemand Besonderen zum Aufholen gab. Jetzt, wo alle seine Freunde ein paar tausend Kilometer entfernt lebten. Adam kletterte auf die Ladefläche und dachte an Sammy und Mike. Er überlegte, was sie wohl in diesem Augenblick machten. Sein Vater hielt inne und schaute ihn prüfend an.

„Was hat dieser Blick zu bedeuten?", fragte sein Vater. „Hast du schon Heimweh?"

Adam zuckte mit den Schultern. „Ich bin O.K."

Sein Vater fuhr ihm durch das Haar. „Lass den Kopf

nicht hängen. Bald schon hast du hier neue Freunde. Nicht alle coolen Jungs leben im Mittleren Westen." Er lächelte und fügte hinzu: „Und auch nicht alle coolen Mädchen."

Adam machte ein mürrisches Gesicht, als er sich vorbeugte, um ein Ende des kurzen Sofas anzuheben. „Ich interessiere mich nicht für Mädchen. Und die interessieren sich schon gar nicht für mich."

„Wenn du keinerlei Interesse zeigst, dann fangen sie an Jagd auf dich zu machen."

„Wirklich?"

„Manchmal. Wenn man Glück hat." Der Vater beugte sich vor und packte sein Ende des Sofas. „Auf drei heben wir es an. Eins ... zwei ..."

„Warum nennt man es *Liebessofa*?", fragte Adam. Viele Dinge machten ihn neugierig, sogar solche, an denen er angeblich überhaupt kein Interesse hatte.

„Weil nur zwei Verliebte gemeinsam darauf Platz haben. Bist du fertig? Eins ... zwei ..."

„Weißt du, ich habe in Kansas City gar keine Mädchen gekannt", bemerkte Adam hastig.

Sein Vater richtete sich wieder auf. „Und was war mit Denise? Du warst ständig mit ihr zusammen."

Adam fühlte, wie ihm das Blut in die Wangen stieg. „Schon, aber sie war nur ein guter Kumpel. Sie war kein ..." Er suchte nach dem richtigen Wort. „Sie war kein *Mädchen*-Mädchen."

„Na, Gott sei Dank." Sein Vater beugte sich wieder nach vorn. „Komm, sehen wir zu, dass wir dieses Ding ausladen. Eins ... zwei ..."

„Drei!", sagte Adam und hob das Sofa für seinen Vater unerwartet heftig an.

„Ahhh!", stöhnte der Vater und ließ sein Sofaende fallen. Er hielt sich den Rücken, sein Gesicht war schmerzverzerrt.

„Hast du dir wehgetan?", fragte Adam und dachte dabei, dass dies eine ziemlich blöde Frage war. Der Vater scheuchte ihn aus dem Weg und humpelte die Laderampe hinunter.

„Keine Sorge. Mir fehlt nichts. Vielleicht eine Muskelzerrung. Wir brauchen sowieso eine Pause."

„Es tut mir Leid."

„Das war nicht deine Schuld."

Adam war besorgt. „Geht es dir wirklich gut?"

Sein Vater war nicht besonders gut in Form. In den letzten paar Jahren hatte er einen ziemlichen Bauch angesetzt. Zu viel Kuchen und Limonade, vermutete Adam, obwohl das auch seine bevorzugte Nahrung war. Das war eines der Dinge, die seinen Vater irgendwie peinlich machten – er aß Junk Food so gern wie die Kinder.

„Alles in Ordnung", sagte der Vater. „Machen wir eine Pause und trinken wir etwas. Was willst du haben?"

„Eine Cola", antwortete David und stieg ebenfalls vom Laster herunter.

„Ich glaube, wir haben keine Cola mehr im Kühlschrank."

„Ich glaube, wir haben gar keinen Kühlschrank", sagte Adam. Er zeigte auf den großen, weißen Kasten hinten im Auto. „Wir haben ihn noch nicht ausgeladen."

„Ein überzeugendes Argument", sagte sein Vater und setzte sich ins Gras.

„Soll ich Mom sagen, dass du verletzt bist?"

„Lass sie, sie ist beschäftigt." Er zog einen Zwanzig-Dollar-Schein aus der Hosentasche.

„Lauf doch einfach zu diesem Supermarkt an der Ecke und hole eine gut gekühlte Sechserpackung."

Adam steckte das Geld ein. „Genau. Ich sage ihnen, dass ich meinen Ausweis vergessen habe und schon über einundzwanzig bin."

„Ich habe Cola gemeint."

„Ist schon klar." Adam wandte sich um. „Ich bin gleich wieder da."

Sein Vater stöhnte auf, als er sich auf die Ellbogen stützte und sich zurücklehnte. Er starrte in den Himmel. „Lass dir Zeit. Ich glaube nicht, dass ich so schnell irgendwohin gehen werde."

2

Als Adam mit den Getränken vom Supermarkt nach Hause ging, traf er Sally Wilcox. Sie schlich sich von hinten an ihn heran. Sally war ein hübsches Mädchen. Sie war etwa genauso alt wie Adam und hatte lange braune Haare. Mit ihrer staksigen Figur sah sie aus wie eine Puppe, die eine Fee mit ihrem Zauberstab zum Leben erweckt hatte. Es war ein heißer Tag und ihre langen Beine, die aus der weißen kurzen Hose ragten, waren braun gebrannt und ein bisschen knochig. Sie hatte die größten braunen Augen, die Adam je gesehen hatte, und sie sah überhaupt nicht so aus wie Denise in Missouri.

„Hallo", sagte sie. „Bist du der neue Junge in der Stadt?"

„Könnte stimmen. Ich bin gerade angekommen."

Sie streckte ihm die Hand hin. „Ich bin Sara Wilcox, aber du kannst mich Sally nennen. Das kann man sich besser merken."

Adam ergriff ihre Hand. „Ich bin Adam Freeman."

Sally schüttelte ihm fast die Finger weg. „Wie soll ich dich nennen?"

„Adam."

Sie nickte in Richtung der Colas. „Sind die kalt?"

„Ja."

„Kann ich bitte eine haben?"

Er hatte eigentlich keine Wahl. Schließlich war er neu hier und überhaupt. Er gab ihr eine Dose, die sie sofort öffnete und austrank. Sie musste nicht einmal rülpsen. Adam war beeindruckt.

„Du musst ja ziemlich durstig gewesen sein", bemerkte er.

„Stimmt." Sie betrachtete ihn einen Augenblick eingehend. „Du siehst deprimiert aus, Adam."

„Wie?"

„Du siehst traurig aus. Bist du traurig?"

Er zuckte die Achseln. „Nein."

Sally nickte. „Du hast jemand Besonderen zurückgelassen. Ich verstehe."

Adam blinzelte. „Wovon sprichst du eigentlich?" Dieses Mädchen war sehr eigenartig.

„Du musst deswegen nicht verlegen werden. Du bist ein gut aussehender Junge. Du musst eine gut aussehende Freundin gehabt haben. Ganz egal, woher du kommst." Sally machte eine Pause. „Übrigens, woher kommst du eigentlich?"

„Kansas City."

Sally nickte mitfühlend. „Sie ist jetzt sehr weit weg."

„Wer?"

„Ich habe dich eben erst kennen gelernt. Woher soll ich wissen, wie sie heißt?"

Adam verzog das Gesicht. „Meine besten Freunde in Kansas City waren Sammy und Mike."

Sally warf ungeduldig ihr Haar zurück. „Wenn du nicht über sie sprechen willst, ist das in Ordnung. Ich mache selbst auch gerade eine Identitätskrise durch." Sie unterbrach sich. „Aber das sieht man mir doch hoffentlich nicht an, oder?"

„Nein."

„Ich verberge es. Ich leide schweigend. Das ist besser. Es stärkt den Charakter. Meine Tante sagt, ich habe ein charaktervolles Gesicht. Findest du das auch?"

Adam nahm den Heimweg wieder auf. Das Cola wurde warm und Sally machte ihn ganz wirr. Aber es war nett von ihr gewesen zu sagen, er sehe gut aus. Adam war etwas unsicher, was sein Aussehen anging. Sein braunes Haar war in der Farbe dem Haar Sallys ähnlich, aber nicht annähernd so lang. Sein Vater schnitt es und der Mann war ein Anhänger kurz geschorener Rasen und Köpfe. Adam war auch nicht so groß wie Sally, die auf Stelzen zu gehen schien. Aber die Leute sagten, er habe ein hübsches Gesicht. Zumindest sagte das seine Mutter, wenn sie gut gelaunt war.

„Finde ich schon", sagte er als Antwort auf ihre Frage wegen des Charaktergesichts.

Sie folgte ihm. „Stellst du mich deiner Familie vor?

Ich lerne immer gern Eltern kennen. Du bekommst eine Vorstellung davon, wie ein Junge einmal sein wird, wenn du seinen Vater anschaust."

„Das hoffe ich nicht", murmelte Adam.

„Was hast du gesagt?"

„Nichts. Wie lang lebst du schon hier?"

„Zwölf Jahre. Mein ganzes Leben. Ich bin eine der Glücklichen."

„Willst du damit sagen, dass man in Spring City so super lebt?"

„Nein, ich will damit sagen, dass ich zu den Glücklichen gehöre, die noch leben. Nicht alle Kinder überstehen zwölf Jahre in Spook City."

„Was ist Spook City?"

Sally sprach mit ernster Stimme. „Das ist der Ort, an dem du jetzt lebst, Adam. Nur die Erwachsenen nennen es Spring City. Die Kinder kennen die wahren Geschichten des Ortes. Und ich sage dir, er verdient den Namen Spook City."

Adam war ganz verwirrt. „Aber warum denn?"

Sie trat ganz nah an ihn heran und erzählte ihm ein großes Geheimnis: „Weil Menschen hier verschwinden. Meistens sind es Kinder. Niemand weiß, wo sie sind, und niemand spricht darüber, dass sie fort sind. Alle haben Angst."

Adam lächelte unbehaglich. „Du nimmst mich wohl auf den Arm?"

Sally ging auf Abstand. „Würde ich dich auf den Arm nehmen, könntest du nicht hier stehen. Ich erzähle dir die reine Wahrheit. Diese Stadt ist gefährlich. Ich rate dir, verlass die Stadt, noch vor Sonnenuntergang." Sie legte ihm eine Hand auf die Schulter. „Nicht, dass ich dich gerne wegfahren ließe."

Adam schüttelte den Kopf. „Ich fahre nicht weg. Ich glaube nicht, dass eine ganze Stadt verhext sein kann. Ich glaube auch nicht an Vampire und Werwölfe und den ganzen Unsinn. Ich bin überrascht, dass du daran glaubst." Leise fügte er hinzu: „Ich glaube, du machst *wirklich* eine Identitätskrise durch."

Sally zog ihre Hand zurück, schaute ihn ernst an und sagte: „Bevor du mich für verrückt erklärst, solltest du dir erst die Geschichte von Leslie Lotte anhören. Bis vor einem Monat wohnte sie eine Straße entfernt von mir. Sie war süß. Du hättest dich wahrscheinlich für sie interessiert, wenn du sie früher als mich getroffen hättest. Aber egal, sie konnte unheimlich gut alle möglichen Sachen machen: Schmuck, Kleider, Drachen. Sie war eine echte Drachenspezialistin. Frag mich nicht, warum. Vielleicht wäre sie gern ein Vogel gewesen. Jedenfalls ließ sie ihren Drachen immer im Park beim Friedhof steigen. Ja, das ist so. In Spook City ist der Park neben dem Friedhof, und der ist neben dem Schloss der Hexe – aber das ist eine eigene Geschichte. Leslie ging meist allein in den Park, auch abends.

Ich habe ihr gesagt, sie soll das nicht machen. Letzten Monat ließ sie ganz allein ihren Drachen steigen. Da kam ein gewaltiger Windstoß und trug sie in den Himmel. Er wehte sie direkt in eine schwarze Wolke hinein, die sie verschluckte. Glaubst du das?"

„Nein."

Sally war verärgert. „Ich lüge nicht! Ich bin zur Zeit wohl etwas wirr, was meine Persönlichkeit angeht, aber die Wahrheit ist mir noch immer wichtig."

„Wenn sie den Drachen ganz allein steigen ließ, wie kannst du dann wissen, was mit ihr passiert ist? Wer hat dir davon erzählt?"

„Watch."

„Was ist Watch?"

„Nicht *was*, sondern *wer* ist Watch."

„Wer ist Watch?"

„Du wirst ihm begegnen. Und bevor du dir Sorgen machst, sollst du wissen, wir haben und hatten nie eine romantische Beziehung. Wir sind nur gute Freunde."

„Ich mache mir keine Sorgen, Sally."

Sie zögerte. „Gut. Watch sah, wie Leslie in der Wolke verschwand. Er war nicht im Park, sondern auf dem Friedhof. Du siehst also, rein technisch gesehen war Leslie allein im Park."

„Das hört sich an, als hätte dein Freund Watch eine lebhafte Phantasie."

„Das stimmt. Er sieht auch nicht sehr gut. Aber ein Lügner ist er nicht."

„Was hat er denn auf dem Friedhof gemacht?"

„Ach, er hängt oft dort herum. Er gehört zu den wenigen Kindern, die das Leben in Spook City genießen. Er liebt das Geheimnisvolle und das Abenteuer. Wenn er nicht so seltsam wäre, fände ich ihn sehr attraktiv."

„Ich liebe auch Geheimnisse und Abenteuer", sagte Adam stolz.

Sally zeigte sich nicht beeindruckt. „Dann kannst du ja mit Watch auf dem Friedhof übernachten und mir erzählen, wie es ist." Sie deutete mit dem Finger nach vorn. „Das ist doch wohl nicht euer Haus, dort, wo dieser dickliche Eierkopf auf dem Rasen sitzt?"

„Doch, und der dickliche Eierkopf ist mein Vater."

Sally schlug die Hand vor den Mund. „Oh, nein!"

„So schlimm ist er auch wieder nicht", sagte Adam.

„Nein, nein. Ich bin nicht wegen deines Vaters so aufgeregt, obwohl du beim Essen und beim Fernsehkonsum später etwas aufpassen solltest. Es geht um euer Haus. Es ist nicht gut."

„Was stimmt damit nicht? Sag bloß nicht, jemand wurde dort ermordet?"

Sally schüttelte den Kopf. „Sie wurden nicht ermordet."

„Dann bin ich ja erleichtert."

„Sie haben sich umgebracht." Sally nickte ernst. „Es war ein altes Ehepaar und niemand weiß, warum sie es getan haben. Wahrscheinlich hatten sie eine Identitätskrise. Sie erhängten sich einfach am Kronleuchter."

„Wir haben keinen Kronleuchter."

„Es waren dicke alte Leute. Der Kronleuchter krachte herunter, als sie sich mit den Stricken festbanden. Jemand hat mir erzählt, dass sie nicht mal Geld für ein ordentliches Begräbnis hinterließen. Man nimmt an, dass ihre Körper in eurem Keller begraben sind."

„Wir haben keinen Keller."

Sally nickte. „Die Polizei musste ihn zuschütten, damit ihr die Körper nicht findet."

Adam seufzte. „Oh, Mann. Willst du meinen Vater kennen lernen?"

„Ja, aber bitte mich nicht zum Essen zu bleiben. Ich bin sehr heikel."

„Irgendwie überrascht mich das nicht", sagte Adam.

3

Sein Vater und seine Mutter waren von Sally sehr beeindruckt. Adam war überrascht. Natürlich beschränkte Sally ihre Bemerkungen auf ein Minimum und ihre Identitätskrise behielt sie für sich. Sally hatte keine Gelegenheit Claire, Adams siebenjährige Schwester, kennen zu lernen. Diese lag auf dem Boden in einem der hinteren Räume und schlief tief und fest. Sein Vater hatte die Betten noch nicht aufgestellt. Danach zu schließen, wie er herumhumpelte und sich die untere Rückenpartie hielt, als wäre er ein Affe, schien er ein Bett dringend nötig zu haben. Der Vater blinzelte Adam zu und schickte ihn hinaus, um mit Sally zu spielen. Er sagte, dass heute keiner mehr schwere Möbel heben müsste. Adam verstand nicht, was das Blinzeln bedeuten sollte.

Sally interessierte ihn nicht – nicht als Freundin.

Er hatte kein Interesse an einer Freundin, bevor er in der Oberstufe war.

Aber die Schule fing erst in drei Monaten wieder an. Er konnte sich auf einen ganzen Sommer voller Monster freuen.

Natürlich glaubte er kein Wort von dem, was Sally ihm erzählt hatte.

„Komm, ich zeige dir die Stadt", sagte Sally, als sie aus der Haustür traten. „Aber lass dich nicht von dem täuschen, was du siehst. Dieser Ort sieht vollkommen normal aus, aber er ist es nicht. Ein Beispiel: Du siehst eine junge Mutter mit ihrem Baby im Kinderwagen vorbeifahren. Vielleicht lächelt sie dich an und sagt ‚Hallo!'. Vielleicht sieht sie ganz normal aus und das Baby ist niedlich. Aber es besteht immer die Möglichkeit, dass sie für das Verschwinden von Leslie Lotte verantwortlich und ihr Baby ein Roboter ist."

„Hast du nicht gesagt, eine Wolke hat Leslie verschluckt?"

„Ja, aber *wer* war in der Wolke? Das sind die Fragen, die du dir heute Nachmittag stellen musst, wenn du den Schauplatz hier erkundest."

Adam wurden Sallys Warnungen lästig.

„Ich glaube nicht an Baby-Roboter. So etwas gibt es nicht. Das ist eine schlichte Tatsache."

Sally zog ihre Augenbrauen wissend nach oben. „Nichts ist einfach in Spook City."

Spring City – Adam weigerte sich, irgendeinen anderen Namen zu verwenden – war winzig. Es schmiegte sich zwischen zwei sanfte Hügelketten im Norden und Süden. Im Westen lag der Ozean. Im Osten ragten schroffe Erhebungen auf. Adam war geneigt sie als Berge zu bezeichnen. Natürlich behauptete Sally, dass in diesen Hügeln viele Leichen begraben seien.

Der größte Teil der Stadt lag auf einem Abhang, der zum Meer hin flach auslief. An der Küste, am Ende eines Felsens, stand ein hoher Leuchtturm, der auf das stahlblaue Wasser hinausschaute, als warte er auf Abenteuer. Sally erklärte, dass auch das Wasser in und um Spring City nicht sicher sei.

„Viele Strudel und Strömungen", sagte sie. „Auch Haie – große, weiße. Ich kannte einen Jungen, der mit seinem Surfbrett draußen war, nur ein paar Meter vom Strand weg, da kam ein Hai vorbeigeschwommen und biss ihm das rechte Bein ab. Einfach so. Du kannst das überprüfen, wenn du mir nicht glaubst. Er heißt David Green, aber wir nennen ihn Jaws."

Diese Geschichte schien zumindest ein Körnchen Wahrheit zu enthalten.

„Ich schwimme nicht besonders gern", murmelte Adam.

Sally schüttelte den Kopf. „Du musst nicht einmal ins Wasser gehen, um Probleme zu bekommen. Die Krabben kommen bis auf den Strand und knabbern dich an." Sie meinte: „Wir müssen jetzt nicht an den Strand hinuntergehen, wenn du nicht willst."

„Lieber ein anderes Mal", stimmte Adam zu. Trotzdem bewegten sie sich in Richtung des Wassers. Sally wollte ihm den Spielsalon zeigen. Er befand sich in der Nähe des Kinos, das dem örtlichen Leichenbestatter gehörte. Dort wurden offensichtlich nur Horrorfilme gezeigt. Das Kino und der Spielsalon waren gleich beim Pier, wo es, laut Sally, so sicher war wie auf einem dünnen Brett über brodelnder Lava. Unterwegs kamen sie an einem Supermarkt vorbei.

Vor dem Eingang parkte ein schwarzes Corvette Cabrio mit offenem Verdeck. Adam war kein Autonarr, aber Corvettes fand er cool. Sie sahen wie Raketen aus. Beim Vorbeigehen starrte er das Auto an und bremste so Sallys Ausführungen. Wie vieles in Spring City war auch der Parkplatz auf einem Hügel angelegt. Adam erschrak, als er bemerkte, dass sich ein Einkaufswagen von seinem Platz neben der Eingangstür gelöst hatte und auf das Auto zu rollte. Die Vorstellung, dass dieses wundervolle Auto eine Delle bekommen würde, war ihm unerträglich. Deshalb lief er los, um den Wagen aufzuhalten. Sally kreischte hinter ihm.

„Adam! Bleib von diesem Auto weg!"

Aber ihre Warnung kam zu spät. Er stoppte den Wagen ein paar Zentimeter vor der Autotür und hatte das Gefühl seine gute Tat für diesen Tag getan zu haben. Er bemerkte, dass Sally noch immer dort stand, wo er sie zurückgelassen hatte. Sie schien sich davor zu fürchten, dem Auto näher zu kommen. Als er den Wagen zu einem sicheren Platz schieben wollte, hörte er eine sanfte und doch geheimnisvolle Stimme hinter seinem Rücken.

„Danke, Adam, du hast deine gute Tat für diesen Tag getan."

Er drehte sich zu der schönsten Frau um, die er in seinem ganzen Leben gesehen hatte. Sie war groß – das waren die meisten Erwachsenen. Ihr schwarzes Haar war lang und lockig. Ihre Augen waren dunkel und groß wie Spiegel, die sich nur in der Nacht öffneten. Ihr Gesicht war sehr blass, wie das einer Statue, ihre Lippen so rot wie frisches Blut. Sie trug ein weißes Kleid, das über ihre Knie schwang. In der Hand trug sie ein kleines weißes Täschchen. Sie musste Ende zwanzig sein, doch sie wirkte alterslos. Der Tag war warm und doch trug sie Handschuhe, die so rot waren wie ihre Lippen. Sie lächelte den geschockten Adam an.

„Du wunderst dich, woher ich deinen Namen kenne", sagte sie. „Nicht wahr, Adam?"

Er nickte benommen. Sie trat einen Schritt näher.

„In dieser Stadt passiert nicht viel, von dem ich nichts weiß", sagte sie. „Du bist heute erst angekommen, nicht wahr?"

Er fand seine Stimme wieder: „Ja, Madam."

Sie kicherte sanft. „Wie gefällt dir Spook City bisher?"

Er stotterte: „Ich dachte, nur die Kinder nennen es Spook City?"

Sie kam noch einen Schritt näher. „Es gibt ein paar

Erwachsene, die den richtigen Namen kennen. Du wirst heute noch einen treffen. Er wird dir Dinge erzählen, die du vielleicht nicht hören willst. Aber das liegt bei dir." Sie warf einen Blick auf ihr Auto und dann auf den Einkaufswagen, den er noch immer festhielt, und ihr Lächeln wurde noch breiter. „Ich lasse dir diese Warnung zukommen, weil du mir heute einen Gefallen getan und mein Auto beschützt hast. Das war sehr aufmerksam von dir, Adam."

„Danke, Madam."

Sie kicherte wieder und zog ihre Handschuhe aus. „Du hast Manieren. Das ist selten bei den jungen Leuten in dieser Stadt." Sie zögerte. „Glaubst du, das ist einer der Gründe, dass sie so viele – Probleme haben?"

Adam schluckte. „Was für Probleme denn?"

Die Frau schaute in Sallys Richtung. „Ich bin sicher, deine Freundin hat dir bereits eine ganze Reihe schrecklicher Dinge über diese Stadt erzählt. Glaube nur die Hälfte. Natürlich, die andere Hälfte könntest du vielleicht glauben wollen." Sie hielt inne, als ob sie sich über einen Scherz amüsierte. Dann winkte sie Sally zu: „Komm her, Kind."

Sally kam widerstrebend näher und stellte sich nahe zu Adam. Sie war so nahe, dass er spürte, wie sie zitterte. Die Frau musterte sie von oben bis unten und schaute finster.

„Du magst mich nicht", sagte sie schließlich.

Sally schluckte. „Wir gehen nur spazieren."

„Ihr redet nur." Sie zeigte mit dem Finger auf Sally. „Pass auf, was du redest. Jedes Mal, wenn du meinen Namen nennst, höre ich es. Und ich erinnere mich an alles. Hast du verstanden?"

Sally zitterte noch immer, aber dann stieg ein plötzlicher Trotz in ihr auf. „Ich habe sehr gut verstanden. Vielen Dank."

„Gut."

„Wie geht es Ihrem Schloss immer so?", fragte Sally sarkastisch. „Irgendwelche kalten Luftzüge?"

Die Miene der Frau wurde noch finsterer, dann lächelte sie unerwartet. Adam hätte es wohl als kaltes Lächeln bezeichnet, wäre es nicht so bezaubernd gewesen. Die Frau hatte ihn betört.

„Du bist ungezogen, Sally", sagte sie. „Das ist gut. Ich war auch ungezogen als Kind", sie machte eine Pause, „bis ich dazulernte." Sie sah Adam an. „Du weißt, dass ich ein Schloss habe?"

„Nein, das wusste ich nicht", sagte Adam. Schlösser gefielen ihm, obwohl er noch nie eines gesehen, geschweige denn betreten hatte.

„Möchtest du mich dort einmal besuchen?"

„Nein", sagte Sally plötzlich.

Adam schaute sie verärgert an. „Ich kann selbst antworten", sagte er.

Sally schüttelte den Kopf. „Du willst nicht dorthin. Kinder, die dorthin gehen, die ...“

„Die was?“, unterbrach sie die Frau. Sally schaute nicht zu ihr, sie schaute nur Adam an. Sally schien zurückzuweichen.

„Dorthin zu gehen ist keine gute Idee.“ Mehr sagte sie nicht.

Die Frau streckte die Hand aus und berührte Adams Wange. Ihre Finger waren warm und sanft. Sie fühlten sich nicht gefährlich an. Trotzdem zitterte Adam unter der Berührung. Der Blick der Frau schien sich ihm bis in das Zentrum des Gehirns zu bohren.

„Nichts ist so, wie es aussieht“, sagte sie leise. „Niemand hat nur eine Seite. Wenn du Geschichten über mich hörst, vielleicht von diesem dünnen Mädchen hier, vielleicht von jemand anderem, denke daran, sie stimmen nur zum Teil.“

Adam konnte nur mühsam sprechen. „Das verstehe ich nicht.“

„Das wirst du, bald schon“, sagte die Frau. Ihre Fingernägel, ziemlich lang und rot lackiert, waren so dicht vor seinen Augen, dass sie beinahe die Wimpern berührten. „Du hast sehr hübsche Augen. Weißt du das, Adam?“ Sie schaute Sally an: „Und du hast einen wirklich hübschen Mund.“

Sally lächelte gekünstelt. „Das weiß ich.“

Die Frau kicherte leise und zog sich zurück. Sie öffnete die Autotür und schaute dabei ein letztes Mal zu den beiden zurück. „Ich sehe euch beide später – unter unterschiedlichen Umständen", sagte sie.

Dann stieg sie in ihr Auto, winkte und fuhr weg.

Sally bekam beinahe einen Anfall.

„Weißt du, wer das war?", rief sie.

„Nein", sagte Adam. Er musste sich erst vom Schock der Begegnung mit der Frau erholen. „Sie hat mir Ihren Namen nicht gesagt."

„Das war Miss Ann Templeton. Sie ist die Großgroßgroßgroßenkelin von einer gewissen Mrs. Madeline Templeton."

„Wer ist das?"

„Die Frau, die diese Stadt vor etwa zweihundert Jahren gegründet hat. Eine Hexe, wie sie im Buche steht. Die Hexerei vererbt sich in ihrer Familie. Die Frau, die du eben getroffen hast, ist das gefährlichste Wesen in ganz Spook City. Niemand weiß, wie viele Kinder sie umgebracht hat."

„Ich fand sie nett."

„Adam! Sie ist eine Hexe! Es gibt keine netten Hexen! Du musst dich von dieser Frau fern halten, oder du endest als quakender Frosch im Tümpel hinter dem Friedhof."

Adam musste sich kräftig schütteln, um sein Gehirn wieder klar zu bekommen. Es schien fast, als habe ihn die Frau verzaubert. Aber es war ein angenehmer Zauber, der ihm ein Gefühl der Wärme gab.

„Woher wusste sie meinen Namen?", murmelte er laut.

Sally war wütend: „Weil sie eine Hexe ist! Begreife endlich die Realitäten! Sie brauchte wahrscheinlich nur in einen Kessel mit kochenden Innereien zu schauen, um alles über dich zu erfahren. Nun, ich wäre nicht überrascht, wenn sie selbst den Einkaufswagen auf ihr Auto hätte losfliegen lassen, damit du hinüberlaufen und ihn aufhalten konntest. Damit sie dich aufhalten und dein kleines Gehirn verhexen konnte. Hörst du mir zu, Mr. Kansas City?"

Adam schaute verärgert. „Der Wagen flog nicht. Er hat den Boden nie verlassen."

Sally reckte in gespielter Verzweiflung die Arme gegen den Himmel. „Der Junge muss erst einen fliegenden Besen sehen, bevor er an Hexen glaubt! Nun, das ist wunderbar. Mach nur so weiter. Lass dich in ein riesengroßes Ekelmonster verwandeln. Mir ist das egal. Ich habe meine eigenen Probleme."

„Sally, warum schreist du mich eigentlich ständig an?"

„Weil ich mir Sorgen mache. Lass uns von hier verschwinden. Gehen wir zum Spielsalon, dort ist es einigermaßen sicher."

„Aber die Spiele dort sind doch wohl nicht verhext?", fragte Adam, um sie zu necken. Sally blieb stehen und warf ihm einen ihrer ungeduldigen Blicke zu.

„Ein paar Spiele sind verhext", sagte sie. „Man erkennt sie daran, dass man nicht einfach Münzen einwerfen kann. Aber so wie ich dich kenne, gehst du genau auf diese los."

„Ich weiß nicht", sagte Adam. „Mein Vater wollte das Wechselgeld vom Colakaufen zurück. Ich habe kein Geld bei mir."

„Dann danke deinem Vater. Er hat dir einen kleinen Gefallen getan", sagte Sally.

4

Sie kamen nie bei dem Spielsalon an. Stattdessen lief ihnen Sallys Freund Watch über den Weg. Er sah interessant aus. Er hatte etwa Sallys Größe, sonnenblonde Haare und seine Arme schienen bis zum Boden zu reichen. An jedem Arm trug er zwei Uhren, also vier, soweit Adam sehen konnte. Vielleicht hatte er noch ein paar Dutzend in seinen Taschen. Seine Brillengläser waren sehr dick. Sie hätten aus einem Teleskop stammen können. Sally schien über das Zusammentreffen richtig glücklich zu sein. Sie stellte Adam vor.

„Adam kommt aus Kansas City", sagte sie zu Watch. „Er ist gerade erst angekommen und der Ortswechsel ist sehr schmerzhaft für ihn."

Adam verzog das Gesicht. „So schlimm ist es auch wieder nicht."

„Was sind deine Lieblingsfächer in der Schule?", wollte Watch wissen.

„Watch ist verrückt nach den Naturwissenschaften", sagte Sally. „Wenn du Naturwissenschaften magst, wird Watch dich mögen. Mir persönlich wäre es egal, wenn du in der Biologieprüfung durchgefallen wärst. Meine Liebe kennt keine Einschränkungen."

„Ich mag Naturwissenschaften", sagte Adam. Er deutete auf Watchs Arm. „Warum trägst du so viele Uhren. Ist eine nicht genug?"

„Ich möchte wissen, wie viel Uhr es in jedem Teil des Landes ist", sagte Watch.

„In Amerika gibt es vier Zeitzonen", sagte Sally.

„Das weiß ich", sagte Adam. „Kansas City liegt zwei Zeitzonen vor der Westküste. Aber warum willst du wissen, wie spät es dort überall ist?"

Watch senkte den Kopf. „Weil meine Mutter in New York, meine Schwester in Chicago und mein Vater in Denver lebt." Watch zuckte mit den Schultern. „Ich will wissen, wie viel Uhr es bei jedem von ihnen gerade ist."

Watchs Stimme klang traurig, als er von seiner Familie sprach. Adam wollte deshalb lieber nicht nachfragen, warum alle so weit verstreut lebten. Sally schien es genauso zu gehen.

Sie plauderte weiter.

„Ich habe Adam gerade erzählt, wie gefährlich diese Stadt ist", sagte sie. „Aber er glaubt mir wohl nicht."

„Hast du wirklich gesehen, dass Leslie Lotte von einer Wolke verschluckt wurde?", fragte Adam Watch.

Watch sah Sally an. „Was hast du ihm erzählt?"

Sally verteidigte sich. „Nur, was du mir erzählt hast."

Watch kratzte sich am Kopf. Sein blondes Haar war ziemlich dünn. „Ich habe gesehen, wie Leslie im Nebel verschwunden ist. Niemand von uns konnte sie finden. Aber sie könnte auch von zu Hause weggelaufen sein."

„Nebel, eine Wolke – wo liegt der Unterschied?", fragte Sally. „Der Himmel hat sie verschlungen, so einfach ist das. He, Watch, was machst du heute? Kommst du mit in den Spielsalon?"

Watchs Miene hellte sich auf. „Ich treffe mich mit Bum. Er wird mir den geheimen Pfad zeigen."

Sally erschauerte. „Du darfst den geheimen Pfad nicht betreten! Du wirst sterben."

„Tatsächlich?", sagte Watch.

„Was ist der geheime Pfad?", fragte Adam.

„Erzähle es ihm nicht", sagte Sally. „Er ist gerade erst angekommen. Ich mag ihn und ich will nicht, dass er stirbt."

„Ich glaube nicht, dass wir sterben", sagte Watch. „Aber wir könnten verschwinden."

Adam war sehr interessiert. Er war noch nie in seinem Leben verschwunden. „Wie?", fragte er.

Watch wandte sich an Sally. „Erzähl es ihm", sagte er.

Sally schüttelte den Kopf. „Es ist zu gefährlich und ich trage für ihn die Verantwortung."

„Wer hat dir denn die Verantwortung übertragen?", fragte Adam, der allmählich sauer wurde. „Ich bin mein eigener Herr. Du kannst mir nicht sagen, was ich zu tun und zu lassen habe." Er wandte sich an Watch. „Erzähl mir von dem Pfad, und wer ist Bum?"

„Bum ist der Stadtsäufer", unterbrach Sally. „Er war Bürgermeister, bis ihn Ann Templeton, die Stadthexe, mit einem Fluch belegte."

„Bum war Bürgermeister", stimmte Watch zu. „Aber ich weiß nicht, ob er zum Säufer wurde, weil er verflucht war. Vielleicht ist er einfach faul geworden. Er war immer ein lausiger Bürgermeister."

„Was genau ist der geheime Pfad?", fragte Adam noch einmal.

„Wir wissen es nicht", sagte Sally. „Das ist ein Geheimnis."

„Erzählt mir das, was ihr wisst." Adam war gereizter Stimmung.

„Man nimmt an, dass es einen besonderen Pfad gibt, der sich durch die Stadt zieht und in eine andere Dimension führt", sagte Watch. „Ich suche schon seit Jahren danach, habe ihn aber noch nicht entdeckt. Aber angeblich kennt ihn Bum."

„Wer sagt das?", wollte Adam wissen.

„Bum sagt das", antwortete Watch.

„Warum verrät er dir das Geheimnis?", fragte Sally. „Und warum heute?"

Watch überlegte. „Das weiß ich nicht. Ich habe ihm letzte Woche ein Sandwich geschenkt. Vielleicht will er sich einfach dafür bedanken."

„Du sagst, der Pfad führt in andere Dimensionen", sagte Adam. „Was meinst du damit?"

„Es gibt nicht nur ein Spook City", sagte Sally.

„Wieso?", sagte Adam.

„Diese Stadt überlagert sich mit anderen Realitäten", erklärte Watch. „Und manchmal verschwimmen jene anderen Realitäten mit dieser."

„Deshalb ist das Leben in dieser Stadt so unheimlich", ergänzte Sally.

Adam schüttelte den Kopf. „Gibt es irgendeinen Beweis, dass das alles existiert?"

„Keinen direkten Beweis", sagte Watch. „Aber ein Mann bei mir in der Straße wusste angeblich über den geheimen Pfad Bescheid."

„Was hat er erzählt?", fragte Adam.

„Er verschwand, bevor ich ihn fragen konnte." Watch warf einen Blick auf eine seiner Uhren. „Bum wartet auf mich. Wenn du mitkommen willst, musst du dich jetzt entscheiden."

„Geh nicht mit, Adam!", bettelte Sally. „Du bist jung. Du hast noch dein ganzes Leben vor dir."

Adam lachte über ihre Besorgnis. Er war an dem geheimen Pfad äußerst interessiert, konnte aber nicht sagen, ob er an dessen Existenz wirklich glaubte.

„Ich habe einen langen, langweiligen Tag vor mir. Ich will wissen, was es damit auf sich hat." Er nickte Watch zu. „Los, treffen wir uns mit diesem Bum."

5

Am Ende ging Sally doch mit ihnen. Sie jammerte aber die ganze Zeit über, sie würden in einem schwarzen Loch stecken bleiben und auf Ameisengröße zusammengepresst werden. Adam und Watch hörten einfach weg.

Sie fanden Bum auf einer Betonmauer am Pier sitzend. Er fütterte die Vögel. Auf dem Weg hatte Watch an einem Lebensmittelgeschäft Halt gemacht und ein Truthahnsandwich als Geschenk für Bum gekauft. Bum nahm es hungrig entgegen. Er schaute sie erst an, als er das Sandwich aufgegessen und sich zufrieden den Mund abgewischt hatte.

Bum war schmutzig und trug einen langen, dünnen, grauen Mantel, der aussah, als habe er ihn aus einer Mülltonne gefischt. Er war unrasiert, seine Wangen waren schmierig und voller Schmutzflecken. Sein Haar hatte die Farbe von altem Motorenöl. Er konnte sechzig Jahre alt sein, sauber gewaschen hätte er wohl eher wie vierzig ausgesehen. Er war dünn und seine Augen waren außergewöhnlich leuchtend und lebhaft. Er wirkte nicht betrunken, nur hungrig. Als er fertig gegessen hatte, betrachtete er sie aufmerksam. Er musterte Adam von oben bis unten.

„Du bist der neue Junge in der Stadt", sagte er schließlich. „Ich habe von dir gehört."

„Wirklich?", sagte Adam. „Wer hat Ihnen von mir erzählt?"

„Ich gebe meine Quellen nicht preis", erwiderte Bum und warf die restlichen Brotkrumen den Vögeln zu, die ihn umflatterten, als sei er der Vogelvater. Bum fuhr fort: „Dein Name ist Adam und du kommst aus Kansas City."

„Das stimmt, Sir", sagte Adam.

Bum grinste wölfisch. „Niemand nennt mich mehr Sir, mein Junge. Und um die Wahrheit zu sagen, es ist mir egal. Ich bin Bum – das ist mein neuer Name."

„Waren Sie wirklich früher Bürgermeister?", fragte Adam.

Bum starrte aufs Meer hinaus. „Ja. Aber das ist lange her, damals war ich jung und wollte eine große Nummer sein." Er schüttelte den Kopf und fügte hinzu: „Ich war ein lausiger Bürgermeister."

„Das habe ich ihm bereits erzählt", sagte Watch.

Bum kicherte. „Darauf hätte ich gewettet. Also, Watch. Was willst du? Das Geheimnis des geheimen Pfads? Woher soll ich wissen, ob du die Voraussetzungen mitbringst, das Geheimnis zu erfahren?"

„Welche Voraussetzungen muss man mitbringen?", fragte Watch.

Bum bat die drei, näher zu kommen. Er sprach in

vertraulichem Ton. „Ihr müsst furchtlos sein. Wenn ihr auf dem geheimen Pfad geht und die anderen Städte findet, dann ist es unter anderem die Furcht, die euch töten kann. Bewahrt ihr jedoch einen kühlen Kopf und habt einen schnellen Verstand, dann könnt ihr den geheimen Pfad überleben. Das ist die einzige Möglichkeit."

Adam sog heftig die Luft ein. „Sind Sie schon einmal auf dem geheimen Pfad gegangen?", fragte er.

Bum lachte leise in sich hinein. „Viele Male, Kind. Ich bin ihn rechts gegangen und links gegangen. Ich bin sogar den direkten Weg gegangen, wenn du verstehst, was ich meine."

„Das verstehe ich nicht", antwortete Adam ehrlich.

„Der geheime Pfad führt nicht immer zum selben Ziel", sagte Bum. „Es hängt von dir ab. Wenn du etwas ängstlich bist, landest du an einem Ort, der ein wenig angsterregend ist. Wenn du fürchterliche Angst hast, führt dich der Pfad zu einem Ort des Schreckens."

„Cool", sagte Watch.

„Cool?", entgegnete Sally sarkastisch. „Wer will schon Schreckliches erleben? Komm, Adam, verschwinden wir. Wir sind beide Feiglinge."

„Sprich du nur für dich", sagte Adam, der ein immer stärkeres Interesse spürte. Bum hatte eine sehr überzeugende Art zu sprechen. Es war fast nicht möglich an seinen Worten zu zweifeln. „Kann der Pfad auch zu schönen Orten führen?", fragte Adam.

„O ja", sagte Bum. „Aber die sind am schwierigsten zu erreichen. Nur die Besten kommen dorthin. Die meisten bleiben in der Sphäre des Zwielichts hängen und man hört nie wieder etwas von ihnen."

„Das würde mich nicht stören. Bitte verrate uns den Weg."

Bum betrachtete jeden von ihnen eingehend. Von seinen Lippen war das Lächeln zwar verschwunden, doch es blieb in seinen Augen. Adam mochte ihn, obwohl er nicht sicher war, ob er ein guter Mann war. Die Worte Ann Templetons, der angeblichen Hexe, verfolgten ihn.

„Es gibt ein paar Erwachsene, die den richtigen Namen kennen. Du wirst heute noch einen treffen. Er wird dir Dinge erzählen, die du vielleicht nicht hören willst. Aber das liegt bei dir. Ich lasse dir diese Warnung zukommen, weil du mir heute einen Gefallen getan hast."

„Wenn ich euch den Weg sage", sagte Bum, „müsst ihr versprechen ihn niemandem sonst zu verraten."

„Einen Augenblick!", rief Sally aus. „Ich habe nie gesagt, dass ich das Geheimnis kennen möchte." Sie legte die Hände über die Ohren. „Diese Stadt ist schlimm genug, ich will in keine noch schlimmere geraten."

Bum kicherte. „Ich kenne dich, Sally. Du bist neugieriger als die beiden hier zusammen. Ich habe dich während des vergangenen Jahres beobachtet. Du bist ständig auf der Suche nach dem geheimen Pfad."

Sally nahm die Hände herunter. „Das ist eine Lüge!"

„Ich habe auch gesehen, wie du ihn gesucht hast", sagte Watch.

„Nur um ihn zu versperren, damit ihn sonst niemand findet", sagte sie schnell.

„Den geheimen Pfad kann man nicht versperren", sagte Bum und er klang sehr ernst dabei. „Er ist sehr alt. Er existierte bereits, bevor diese Stadt gebaut wurde, und er wird existieren, wenn diese Stadt wieder zu Staub zerfallen ist. Niemand begeht ihn und bleibt dieselbe Person. Wenn ihr euch entscheidet, ihn einzuschlagen, müsst ihr euch darüber im Klaren sein, dass es kein Umkehren gibt. Der Pfad ist gefährlich, aber wenn euer Herz stark bleibt, kann der Gewinn für euch großartig sein."

„Könnten wir einen Schatz finden?", fragte Adam ganz aufgeregt. Bum wandte sich ihm zu und schaute ihm direkt in die Augen.

„Ihr könntet Reichtümer finden, die eure Vorstellungskraft übersteigen", antwortete Bum.

Sally strahlte. „Ein paar Dollar könnte ich ganz gut gebrauchen."

Bum warf den Kopf zurück und lachte. „Ihr drei

seid ein Team, das habe ich schon gesehen. Also gut, ich verrate euch das Geheimnis, wenn ihr das Versprechen abgelegt habt, es nicht zu verraten."

„Wir versprechen es", sagten die drei gemeinsam.

„Gut." Bum forderte sie auf näher zu kommen. Er senkte die Stimme zu einem Flüstern. „Folgt dem Leben der Hexe bis zu ihrem Tod. Denkt daran, man trug sie verkehrt herum zu ihrem Grab. Sie wurde mit dem Gesicht nach unten begraben, wie man das mit allen Hexen macht. Mit all denen, die man nicht zu verbrennen wagt."

Adam war verwirrt. „Was bedeutet das?", fragte er.

Bum sagte nichts mehr. Er schüttelte den Kopf und fuhr fort die Vögel zu füttern.

„Es ist ein Rätsel", sagte er noch. „Ihr werdet es lösen."

6

„Ja, das ist ja wunderbar", sagte Sally ein paar Minuten später, als sie den Hügel zu Adams Haus hinaufstiegen. „Zuerst macht er uns ganz nervös wegen des großen Geheimnisses und dann erzählt er uns nur ein dummes Rätsel."

„Du warst nervös?", fragte Adam. „Wieso denn? Ich dachte, du wolltest den geheimen Pfad gar nicht finden."

„Ich bin ein Mensch", sagte Sally. „Ich kann meine Meinung ändern." Sie sah zu Watch. Er hatte kein Wort gesagt, seit Bum sie losgeschickt hatte. „Bist du nicht enttäuscht?"

„Noch nicht", sagte Watch.

Sally stellte sich ihm in den Weg.

„Was meinst du damit? Du versuchst doch nicht etwa das Rätsel zu lösen?"

Watch hob die Schultern. „Natürlich."

„Aber das ist sinnlos", sagte Sally. „Wie sollen wir das Leben der Hexe verfolgen, die diese Stadt gegründet hat? Sie ist seit beinahe zweihundert Jahren tot. Und was bedeutet das alles überhaupt? Ein Leben ist keine Linie auf dem Boden. Du kannst ihm nicht folgen wie einem Pfad."

„Dieser Teil des Rätsels ist einfach", sagte Watch. Er sah Adam an. „Hast du die Lösung?"

Adam hatte sich mit dem Rätsel abgemüht, seit Bum es ihnen erzählt hatte. Aber er hatte gezögert etwas zu sagen, aus Angst, sich zum Narren zu machen. Watch war offensichtlich der Intelligenteste der Gruppe. Adam sprach leise, als er Watchs Frage beantwortete.

„Ihrem Leben folgen, das bedeutet doch wohl, überall dorthin zu gehen, wo sie während ihres Lebens hinging", sagte Adam.

„Das ist lächerlich", sagte Sally.

„Es stimmt vermutlich", sagte Watch. „Das ist die einzige Erklärung. Aber was soll so Besonderes an den einzelnen Orten sein? Das verwirrt mich."

„Vielleicht sind nicht die Orte wichtig, sondern die Reihenfolge", sagte Adam. „Vielleicht liegt der geheime Pfad vor uns wie die Nummern eines Zahlenschlosses. Aber man muss die Zahlen genau richtig drehen, nur dann öffnet sich das Schloss."

Sally starrte sie an, vollkommen perplex. „Ich kann es nicht glauben. Ihr haltet euch offenbar für Sherlock Holmes. Bum nimmt euch doch nur auf den Arm. Er will nur, dass ihr ihm wieder ein Sandwich bringt. Dann erzählt er euch wieder ein dummes Rätsel. Und dann macht er mit diesem Spiel immer weiter, bis ihr ihn den ganzen Sommer lang verköstigt habt."

Watch ignorierte sie. „Ich glaube, du hast Recht, Adam", sagte er beeindruckt. „Der Pfad muss direkt vor uns liegen. Die Reihenfolge ist wichtig – wohin man als Erstes, Zweites, Drittes geht. Kommt, versuchen wir den ersten Ort herauszufinden. Wo wurde Madeline Templeton geboren?"

„Keine Ahnung", sagte Adam. „Ich habe von dieser Frau heute zum ersten Mal gehört."

Watch fragte Sally: „Weißt du, wo sie geboren ist?"

Sally schmollte noch immer. „Ich halte das alles für Unsinn." Sie zögerte. „Am Strand."

„Woher weißt du das?", fragte Watch überrascht.

„Es gibt eine alte Geschichte, die besagt, dass Madeline Templeton von einem Schwarm Möwen in einer dunklen, stürmischen Nacht zur Erde gebracht worden sei", erklärte Sally. „Sie soll sogar genau an der Stelle, an der wir gerade mit Bum waren, vom Himmel gekommen sein." Sally zog eine Grimasse. „Falls ihr das glaubt."

„Tu doch nicht so. Du glaubst doch auch alles andere", sagte Adam.

„Ich ziehe die Grenze bei übernatürlichen Geburten", erwiderte Sally.

„Die Geschichte könnte ein Körnchen Wahrheit enthalten", sagte Watch. „Solange die Stelle korrekt ist, macht es keinen Unterschied, ob Vögel oder ihre Mutter sie in die Welt gesetzt haben. Und wenn die

Stelle richtig ist, brauchen wir den ersten Punkt des geheimen Pfads nicht mehr zu suchen. Wir waren bereits dort." Er überlegte einen Augenblick. „Mir erscheint es logisch. Bum bestand darauf mir das Rätsel genau an dieser Stelle zu sagen. Vielleicht dachte er sich, dass wir Probleme haben würden, die erste Stelle zu finden."

„Wohin ging sie dann?", fragte Adam. „Wie können wir das wissen?"

„Wir müssen bestimmt nicht jede Einzelheit ihres Lebens kennen", sagte Watch. „Wir brauchen nur die generelle Linie zu verfolgen. Es gibt so viele Geschichten über Madeline Templeton, dass dies nicht so schwer sein dürfte, wie es klingt. Ich zum Beispiel weiß, dass sie mit fünf Jahren angeblich in den Derby-Baum ging und dass sich dann alle Blätter rot färbten."

„Wie sollte ein Kind in einen Baum hineinkommen?", fragte Adam.

„Sie war kein gewöhnliches Kind", erklärte Sally. „Und es handelt sich um keinen gewöhnlichen Baum. Er steht noch immer oben an der Derby Street. Es ist eine alte Eiche. Ihre Äste hängen wie Klauen herunter und ihre Blätter sind das ganze Jahr über rot. Sie sehen aus, als hätte man sie in Blut getaucht. Und im Stamm ist ein großes Loch. Man kann sich tatsächlich hineinzwängen und eine Person kann drinnen sitzen.

Aber wenn du das machst, gerät dein Gehirn durcheinander."

„Ich war drinnen", sagte Watch. „Mein Gehirn geriet nicht durcheinander."

„Bist du da ganz sicher?", fragte Sally.

„Und was hat sie danach gemacht?", fragte Adam.

Watch begann wieder den Hügel hochzugehen. „Darüber können wir auf dem Weg zum Baum reden. Ich glaube, ich habe eine Idee."

7

Der Baum war genauso unheimlich, wie Sally ihn beschrieben hatte. Er stand allein in der Mitte eines verlassenen Grundstückes und sah aus, als sei er ein Augenzeuge vieler blutiger Schlachten gewesen. Die Äste hingen weit herab, als versuchten sie nach jedem vorbeilaufenden Kind zu schnappen. Adam entdeckte das große Loch in der Seite des Stamms. Es sah aus wie ein hungriges Maul. Die Kanten waren wie scharfe Zahnreihen, die nur darauf warteten zuzubeißen und sich zu schließen.

„Ich kenne ein Kind, das hineingegangen ist, und als es herauskam, sprach es mit Schlangenzungen", sagte Sally.

„Das hier ist nur ein Baum, der verflucht ist", sagte Watch. „Ich gehe als Erster hinein, damit ihr seht, dass keine Gefahr besteht."

„Wie sollen wir dir glauben, wenn du wieder herauskommst?", fragte Sally. „Du bist vielleicht gar kein menschliches Wesen mehr."

„O Bruder", sagte Adam, obwohl er froh war, dass Watch als Erster ging. Der Baum hatte etwas Beängstigendes mit seinen blutroten Blättern – zu Beginn des Sommers.

Gemeinsam schauten Adam und Sally zu, wie Watch zu dem Baum hinüberging und in das Loch kletterte. Eine Minute verging und Watch erschien nicht wieder.

„Was macht er so lange da drin?", überlegte Adam laut.

„Der Baum verdaut ihn wahrscheinlich", sagte Sally.

„Wieso Derby-Baum?", fragte Adam.

„Der alte Derby versuchte einmal ihn zu fällen", erklärte Sally. „Ich war damals erst fünf Jahre alt, aber ich erinnere mich an den Tag. Er machte den Baum für das Verschwinden eines seiner Kinder verantwortlich. Er hatte ungefähr zehn und konnte es verschmerzen eines zu verlieren. Aber eines Morgens kam er mit einer riesigen Axt und holte zu einem gewaltigen Hieb gegen den Stamm aus. Er verfehlte ihn und hackte sich versehentlich ein Bein ab. Du kannst Derby mit einem Holzbein in der Stadt herumlaufen sehen. Die Kinder nennen ihn Mister Stelze. Er wird dir sofort erzählen, dass der Baum böse ist."

„Ich wünschte, Watch würde wieder herauskommen", sagte Adam. Er legte die Hände wie einen Trichter um den Mund und rief: „Watch!"

Watch gab keine Antwort. Weitere fünf Minuten vergingen. Adam war nahe daran Hilfe zu holen, als der Freund endlich seinen Kopf herausstreckte. Er quetschte sich mühsam durch das Loch. Es schien, als

48

sei die Öffnung geschrumpft, während er im Baum war. Er ging zu den beiden hinüber, als wäre nichts gewesen.

„Warum warst du so lange da drin?", wollte Sally wissen.

„Wovon sprichst du eigentlich?", fragte Watch und schaute auf eine seiner vielen Uhren. „Ich war gerade eine Sekunde weg."

„Du warst mindestens eine Stunde da drin", sagte Sally.

„Es waren eher zehn Minuten", korrigierte Adam.

Watch kratzte sich am Kopf. „Das ist seltsam – mir kam es nicht so lang vor."

„Hast du gehört, dass wir nach dir gerufen haben?", fragte Sally.

„Nein", sagte Watch. „Im Inneren des Baumes hört man überhaupt nichts. Wer geht als Nächster?"

„Ich", sagte Adam, der es hinter sich bringen wollte.

„Einen Moment", sagte Sally zu Watch. „Woher sollen wir wissen, dass du nicht irgendwie verändert worden bist?"

„Ich bin in Ordnung", sagte Watch.

„Du würdest nicht wissen, ob du in Ordnung bist, wenn du verändert worden wärst", sagte Sally. „Ich stelle dir jetzt ein paar Fragen, um sicherzugehen, dass dein Gehirn nicht verändert wurde. Wer ist das tollste Mädchen in Spook City?"

„Du", sagte Watch.

„Und wer ist der beste Dichter in Spook City?", fragte Sally.

„Du", sagte Watch.

„Du dichtest?", fragte Adam sie.

„Ja, ganz schreckliche Gedichte", sagte Sally. „Ich glaube, er wurde verändert."

„Falls das stimmt, ist es schon vor langer Zeit passiert", sagte Watch. „Versuch es jetzt, Adam. Ich will weiter zur nächsten Stelle."

„In Ordnung", sagte Adam, den die Aussicht auf das Folgende alles andere als froh stimmte. Langsam ging er zu dem Baum hinüber. Plötzlich fuhr ein leichter Wind durch die roten Blätter und es sah aus, als freuten sie sich auf sein Kommen. Adams Herz klopfte heftig. Offensichtlich verging die Zeit anders im Inneren des Baumes. Wenn er wieder herauskam, waren Sally und Watch vielleicht schon so alt wie seine Eltern. Vielleicht kam er gar nicht wieder heraus, sondern würde zu einem Teil des Baumes werden – ein trauriges Gesicht in der Rinde.

Das Loch war jetzt eindeutig kleiner als vor zehn Minuten, es hatte nur noch die halbe Größe. Adam war klar, dass er schnell hinein- und wieder herausklettern musste. Doch er zögerte noch. Ein seltsamer Geruch drang aus dem Baum. Es konnte Blut sein. Als er unter dem Baum stand, bemerkte er, wie weit entfernt seine Freunde zu sein schienen. Sie standen da, wo er sie verlassen hatte, aber sie hätten meilenweit weg sein können. Er winkte ihnen zu und es dauerte mehrere Sekunden, bis sie zurückwinkten. Unheimlich.

„Ich muss es tun", flüsterte Adam. „Wenn ich nicht gehe, weiß Sally, dass ich ein Feigling bin."

Er nahm seinen ganzen Mut zusammen, duckte sich und wand sich durch das Loch in das Innere des Baumes. Er passte ganz hinein und konnte sich sogar umdrehen, den Kopf musste er allerdings einziehen. So gebeugt stand er da und spähte durch das Loch hinaus. Verblüfft bemerkte er, dass draußen alles seine Farbe verloren hatte. Es kam ihm vor, als schaue er einen alten Schwarzweißfilm an. Und wie Watch gesagt hatte, im Inneren des Baumes war es vollkommen still. Adam hörte nur seinen eigenen Atem und seinen Herzschlag. Es schien ihm, als höre auch der Baum seinem Herzschlag zu und überlegte sich, wie viel Blut das Herz täglich wohl pumpte. Wie viel Blut der leichtsinnige Junge hatte, als Nahrung für seine hungrigen Äste ...

„Ich muss hier heraus", sagte Adam zu sich selbst. Er versuchte sich hinauszuzwängen. Es gab keinen Zweifel, der Eingang war geschrumpft. Adam schob sich zur Hälfte durch, da spürte er, dass er gefangen war. Er saugte wie ein Erstickender Luft ein und versuchte laut zu schreien. Es gelang ihm nicht. Die Rinde hielt ihn wie ein Schraubstock fest und sie schloss sich immer mehr! Er würde in der Mitte durchgeschnitten werden!

„Hilfe!", brachte er schließlich heraus. Sally und Watch waren sofort bei ihm. Watch zog an seinen Armen, Sally an seinem Haar. Aber er steckte fest. Der Schmerz in seinen Seiten war unvorstellbar. Er hatte das Gefühl, als würde sein Bauch explodieren.

„Ouuh!", stöhnte er.

Sally war der Panik nahe und riss ihm die Haare mit den Wurzeln aus. „Tu was, Watch!", schrie sie. „Er frisst seine Beine!"

„Er frisst nicht die Beine", jammerte Adam. „Er bricht mich in zwei Teile."

„Ein Sterbender sollte nicht so haarspalterisch sein", sagte Sally. „Watch!"

„Ich weiß, was zu tun ist", sagte Watch und ließ Adams Arme los. Er rannte zu einem tief hängenden Ast und zog ein Feuerzeug aus der Tasche. Während Adam verzweifelt nach Atem rang, hielt Watch die Flamme unter den dicken, hässlichen Ast. Der Baum reagierte, als hätte man ihn gestochen. Der Ast schnappte zurück und die Blätter hätten Watch beinahe einen Schlag versetzt. Genau in diesem Augenblick spürte Adam, dass sich der Griff lockerte.

„Schnell, zieht jetzt!", rief er den anderen zu.

Watch eilte zu Adam zurück und mit Sallys Hilfe

konnte er ihn herausziehen. Adam landete mit dem Gesicht auf dem rauen Boden und zerkratzte sich die Wangen. Aber diese kleine Verletzung war nichts gegen das Gefühl der Erleichterung, das er verspürte. Schaudernd atmete er tief durch und versuchte möglichst weit von dem Baum wegzukriechen. Sally und Watch halfen ihm auf die Beine. Adam bemerkte, dass das Loch völlig verschwunden war.

„Jetzt weißt du, warum der alte Derby den Baum zerhacken wollte!", japste Sally.

„Ja!", keuchte Adam und tastete sich vorsichtig nach gebrochenen Rippen ab. Er schien noch am Stück zu sein, doch am nächsten Tag würde er überall blaue Flecken haben – falls er so lange leben sollte. Plötzlich war es vorbei mit seiner Begeisterung den Rest des geheimen Pfads zu finden. „Es gibt keine Möglichkeit für dich da hineinzukommen", sagte er zu Sally.

„Muss es denn sein, dass wir in den Baum hineinklettern?", fragte Watch. „Vielleicht reicht es aus, dass wir hierher gekommen sind."

„Das sagst du mir jetzt", sagte Adam.

„Hören wir auf, solange wir noch können", sagte Sally. „Der Pfad ist zu gefährlich."

„Gehen wir noch ein bisschen weiter", sagte Watch. „Ich weiß, was als Nächstes kommt. Es kann nicht so gefährlich sein." Er blieb stehen und sah sich nach dem Baum um. „Hoffentlich."

8

Viele interessante Geschichten rankten sich um das Leben von Madeline Templeton. Watch erzählte ein paar, während sie zu ihrem nächsten Bestimmungsort wanderten. Mit sechzehn soll sie zu einer der großen Höhlen oberhalb von Spook City hinaufgeklettert sein und mit einem riesigen Berglöwen gekämpft haben.

„Angeblich hat sie den Löwen mit ihren Fingernägeln getötet", sagte Watch. „Sie hatte sehr lange Nägel."

„Ich habe gehört, dass die Spitzen giftig gewesen sein sollen", fügte Sally hinzu.

„Gehen wir als Nächstes zu dieser Höhle?", fragte Adam wenig begeistert. Er hatte Angst davor wieder an einem Ort zu landen, der ihn ohne Vorwarnung einschließen könnte.

„Ja", sagte Watch. „Ich war früher schon einmal dort und hatte keinerlei Probleme."

„Du warst auch schon früher einmal in dem Baum und hattest keinerlei Probleme", erinnerte ihn Sally.

„Wir gehen zusammen da hinein", sagte Watch. „Dann sind wir bestimmt sicher."

„Klingt wie ein Katastrophenplan", bemerkte Sally.

54

„Aber angenommen, wir überleben die Höhle, hast du den Rest des Pfads herausgefunden? Ich habe keine Lust, meine ganze Zeit und Energie darauf zu verschwenden, in Kreisen durch eine Stadt zu wandern, die ich hasse."

Watch nickte.

„Ich glaube, ich habe die Höhepunkte ihres Lebens im Kopf. Zuerst arbeiten wir uns zur Höhle hinauf, und dann steuern wir die Kapelle an."

„Warum die Kapelle?", fragte Sally. „Ich glaube nicht, dass es die zu Madelines Lebenszeit bereits gab."

„Das ist richtig", sagte Watch. „Aber sie heiratete genau an der Stelle, an der die Kapelle später erbaut wurde. Sie war damals achtundzwanzig Jahre alt, und es dürfte das nächste große Ereignis in ihrem Leben gewesen sein, von dem wir etwas wissen. Nach der Kapelle müssen wir, glaube ich, zum Wasserspeicher."

„Was geschah beim Wasserspeicher?", fragte Adam.

„Dort ertränkte sie ihren Ehemann", sagte Sally.

„So ist die Geschichte", ergänzte Watch. „Man sagt, sie habe schwere Steine an seine Füße gebunden und ihn schreiend von einem Boot gestoßen, das in der Mitte des Speichersees trieb."

„Warum denn?", wollte Adam wissen.

„Sie glaubte, er war hinter einer anderen Frau her", sagte Sally. „Es stellte sich heraus, dass sie sich geirrt hatte. Aber das fand sie erst heraus, nachdem sie diese Frau lebendig begraben hatte."

„Wunderbar", sagte Adam.

„Nach dem Wasserspeicher gehen wir zum Strand zurück", sagte Watch. „Dort versuchten die Bewohner der Stadt sie lebendig zu verbrennen, weil sie eine Hexe war – zum ersten Mal."

„Was heißt, sie versuchten sie zu verbrennen?", fragte Adam.

„Das Holz, das man um sie herum aufgeschichtet hatte, fing kein Feuer", sagte Sally. „Und dann krochen Schlangen aus dem Scheiterhaufen und töteten den Richter, der das Todesurteil verhängt hatte. Erinnere dich an die Geschichte, wenn du das nächste Mal den Drang verspürst ihre Großgroßgroßgroßenkelin Ann Templeton zu besuchen."

„Nach dem Strand gehen wir zum Friedhof", sagte Watch.

Sally hielt ihn auf. „Auf keinen Fall gehen wir dorthin. Sogar du weißt, dass das ein dummer Einfall ist. Dort leben die Toten und die Lebenden sterben dort."

„Sie wurde auf dem Friedhof begraben", sagte Watch. „Wenn wir den geheimen Pfad finden wollen, müssen wir ihr Leben bis zum Ende verfolgen. Bum hat das ganz klar gesagt."

„Bum war alles andere als klar", meinte Sally.

„Über den Friedhof machen wir uns dann Gedanken, wenn wir so weit sind", erklärte Watch.

„Genau", sagte Sally sarkastisch. „Dann könnten wir ein Fall für den Friedhof sein. Vielleicht sind wir dann tot."

Sie stiegen zu einer der größten Höhlen hinauf. Adam atmete schwer, als sie endlich ankamen, und er bekam Hunger. Von außen schien die Höhle nicht bedrohlich. Der Eingang war groß. Niemand musste sich hineinzwängen. Als sie hineingingen, spürte Adam sofort, dass die Temperatur um mindestens zehn Grad fiel. Er fragte Watch danach.

„Unterirdische Ströme fließen unter den Höhlen durch", erklärte Watch. „Das Wasser ist eisig kalt. Wenn du genau hinhörst, kannst du das Rauschen hören."

Adam blieb stehen und lauschte. Er hörte nicht nur das Rauschen, sondern auch einen entfernten klagenden Ton.

„Was ist das?", fragte er die anderen.

„Geister", sagte Sally.

„Es gibt keine Geister", erwiderte Adam ungehalten.

„Hört unseren Herrn Realisten", spottete Sally. „Er glaubt nicht an Geister, obwohl ihn vor einer Stunde beinahe ein Baum aufgefressen hätte." Sie wandte sich an Watch. „Wir haben unsere Pflicht erfüllt – wir sind hierher gekommen. Wir müssen nicht hier bleiben. Kommt, gehen wir."

Watch gab ihr Recht. Sie verließen die Höhle ohne angegriffen zu werden und marschierten in Richtung Kapelle. Sally wollte zuerst zum Wasserspeicher, da er auf dem Weg lag. Aber Watch bestand darauf, die korrekte Reihenfolge einzuhalten.

Die Kapelle erwies sich als der am wenigsten beängstigende Platz, obwohl die Glocke zu läuten begann, als sie sich näherten, und erst verstummte, als sie wieder fortgingen. Sally vermutete, die Glocke wollte sie warnen zurückzukommen.

„Bevor es zu spät ist", sagte sie.

Der Wasserspeicher war unheimlich. Das Wasser hatte eine eigenartige Farbe, irgendwie grau. Adam fühlte sich unbehaglich, als er hörte, dass das gesamte Trinkwasser der Stadt von hier kam. Die Gegend um den Speicher erinnerte an den Raum im Inneren des Baums. Sie war unnatürlich still. Als sie sprachen, schienen ihre Worte in der Luft zu ersterben. Sally fragte sich laut, wie viele Leichen unter der Wasseroberfläche wohl begraben sein mochten.

„Ich habe keine Ahnung", sagte Watch. „Aber ich weiß, dass in diesem See keine Fische leben können."

„Sie sterben?", fragte Adam.

„Ja", sagte Watch. „Sie werfen sich an Land und sterben."

„Sie sterben lieber, als hier zu leben", sagte Sally.

„Kansas City hat diese Art von Problemen nicht", erklärte Adam.

Sie kehrten zum Strand zurück. Der Tag war inzwischen bereits fortgeschritten und Adam befürchtete, seine Eltern könnten sich schon Sorgen um ihn machen. Watch war dagegen, dass er kurz nach Hause ging, um ihnen zu sagen, dass alles in Ordnung sei.

„Wir dürfen nicht vom Pfad abweichen", sagte Watch. „Es könnte passieren, dass wir wieder ganz von vorn beginnen müssen."

„Du verschwindest vielleicht bald für immer", sagte Sally. „Es ist also besser, wenn du deine Eltern nicht in falscher Sicherheit wiegst."

Bum war nicht mehr am Strand und Watch war sich nicht sicher, wo die wütende Menge vor zweihundert Jahren versucht hatte Madeline Templeton zu verbrennen. Er vermutete, sie hatten versucht sie an der Mole zu töten, da dort gewöhnlich das Holz aus dem Meer angespült wurde.

„Damals waren die Leute bequem", erklärte Watch. „Wenn sie jemanden verbrennen wollten, hatten sie keine Lust erst nach Holz zu suchen."

An der Mole war es zwar unheimlich, aber Adam war zu sehr durch den Gedanken an den Friedhof abgelenkt, um das zu bemerken. Gewöhnliche Friedhöfe gehörten schon nicht zu seinen Lieblingsplätzen und er vermutete, dass der Friedhof von Spook City hundert Mal schlimmer sein würde als ein normaler. Unterwegs versuchte Sally auch nicht unbedingt seine Bedenken zu zerstreuen.

„Viele Menschen, die in Spook City begraben werden, sind nicht ganz tot", erzählte sie. „Der hiesige Leichenbestatter ist ein tüchtiger Geschäftsmann. Wenn du stark erkältet bist, will er, dass du in sein Geschäft kommst und dir einen Sarg aussuchst. Nur für den Fall, dass sich die Erkältung auf die Lungen legt und du erstickst. Aber ich muss doch zugeben, dass einen ein Gang durch sein Warenlager manchmal schneller genesen lässt."

„Ich kann mir nicht vorstellen, dass ein Leichenbestatter so grausam und gefühllos sein kann", erklärte Adam.

„Ich habe kratzende Geräusche aus der Erde gehört, wenn ich auf dem Friedhof spazieren gegangen bin", sagte Watch. „Ich glaube, ein paar Leute wurden ein wenig zu früh in die Kiste gelegt."

„Das ist ja schrecklich!", sagte Adam entsetzt. „Warum hast du keine Schaufel geholt und diese Menschen ausgegraben?"

„Ich hatte einen schlimmen Rücken", sagte Watch.

„Und ich glaube kaum, dass du Leute ausgraben möchtest, die schon Tage unter der Erde lagen", sagte Sally. „Die fressen dir vielleicht das Gehirn weg."

Adam begann nach Ausreden zu suchen. „Ich hatte heute einen ziemlich langen Tag. Erst der Umzug, dann der Angriff des Baumes und alles andere. Vielleicht sollte ich euch beide später wieder treffen."

„Du willst dich wohl davonstehlen?", fragte Sally.

„Nein", sagte Adam schnell. „Ich stelle nur Tatsachen fest. Außerdem warst du doch von Anfang an gegen diese Suche."

„Ich bin von Natur aus gegen alles Unnatürliche", sagte Sally. „Und ich glaube, dieser geheime Pfad kann so bezeichnet werden."

„Wenn du wirklich panische Angst hast", sagte Watch, „will ich dich keinesfalls unter Druck setzen, Adam."

„Ich habe euch schon gesagt, ich habe keine Angst", sagte Adam rasch. „Ich bin nur müde."

„Kein Problem", sagte Watch.

„Wir werden dir diese plötzliche und unerwartete Anwandlung von Müdigkeit nicht vorwerfen", fügte Sally hinzu.

„Sie kam nicht plötzlich und unerwartet", protestierte Adam. „Wenn ihr eben erst aus Kansas City gekommen wärt, wärt ihr auch müde."

„Vor allem, wenn ich gleich einen Friedhof besuchen müsste, auf dem öfter mal Leute lebendig begraben werden", sagte Sally.

„Ich habe dir doch bereits gesagt, dass ich nicht an

Geister glaube", sagte Adam. „Sie jagen mir keine Angst ein."

„Schön für dich", meinte Sally.

Adam fühlte sich in die Enge getrieben und gedemütigt. „In Ordnung. In Ordnung. Ich gehe mit auf den Friedhof, aber dann ist Schluss. Danach muss ich nach Hause."

„Wenn das stimmt, was Bum gesagt hat", warnte Watch, „dann könntest du erst ziemlich spät nach Hause kommen."

9

Der Friedhof war von einer hohen, grauen Ziegelmauer umgeben. Das Haupttor bestand aus Schmiedeeisen – rostige Metallstangen, die nach oben zu scharfen Spitzen gedreht waren. Die wenigen vereinzelten Bäume auf dem Friedhof sahen welk und farblos aus. Sie wirkten wie die Skelette echter Bäume. Adam sah keine Möglichkeit hineinzugelangen und fühlte für einen Moment Erleichterung. Sie mussten aufgeben. Leider hatte Watch eine andere Idee.

„Auf der Rückseite sind ein paar Steine locker", sagte Watch. „Wenn man richtig ausatmet, kann man sich durch die Lücke quetschen."

„Und wenn wir stecken bleiben?", fragte Adam.

„Du solltest die Antwort eigentlich am besten von uns allen kennen", sagte Sally.

„Die Mauer tut dir nichts", sagte Watch. „Sie ist nicht lebendig."

„Genau wie die Leute, die innen eingesperrt sind", sagte Sally boshaft.

Durch die enge Öffnung zu schlüpfen erwies sich als unproblematisch. Aber sobald sie drin waren und zwischen den Grabsteinen standen, wurde Adam das bedrückende Gefühl nicht mehr los, dass von nun an nichts mehr unproblematisch sein würde. Er hatte absolut keine Lust, am Grab der Hexe Unfug zu machen. Er sah, dass das alte Schloss zu ihnen herunterblickte. Ein hoher Turm ragte aus dem hinteren Teil des riesigen Steinbaus auf. Er meinte ein dumpfes rotes Glühen in einem Fenster ganz oben bemerkt zu haben. Der Widerschein eines Feuers oder vieler Kerzen.

Er stellte sich vor, wie Ann Templeton in diesem Turm saß, in einem schwarzen Gewand, und in eine Kristallkugel starrte. Sie beobachtete drei Kinder, die es wagten, es mit dem Grab ihrer Vorfahrin aufzunehmen. Sie verfluchte sie allein schon für den Gedanken. Sie war eine zweifelsohne wunderschöne Frau, aber auf dem Weg zum Grab ihrer Urururgroßmutter begann Adam Sallys Warnungen Glauben zu schenken.

Er glaubte allmählich auch, dass Spook City seinen üblen Namen zu Recht trug.

Madeline Templetons Grabstein war größer als alle anderen auf dem Friedhof. Er war eigenartig geformt. Oben befand sich kein Kreuz, sondern ein Rabe war aus dem dunklen Marmor gehauen. Der Vogel äugte zu ihnen herab, als betrachtete er sie als Beute. Adam blinzelte zu den tiefen schwarzen Augen hoch, die zu ihm zurückzustarren schienen. Auf dem Grab und um das Grab herum war der Boden kahl. Adam stellte fest, dass bei den sterblichen Überresten einer Hexe kein Gras wachsen konnte.

„Ein lauschiges Plätzchen für ein Picknick", meinte Sally sarkastisch. Sie wandte sich an Watch. „Was machen wir jetzt? Uns in eine andere Dimension wünschen?"

„Ich glaube, das geht nicht so einfach", sagte Watch. „Wir müssen den letzten Teil des Rätsels lösen." Er überlegte und wiederholte Bums Worte: „Folgt dem Leben der Hexe bis zu ihrem Tod. Denkt daran, man trug sie verkehrt herum zu ihrem Grab. Sie wurde mit dem Gesicht nach unten begraben, wie man das mit allen Hexen macht. Mit allen, die man nicht zu verbrennen wagt." Watch reinigte seine Brillengläser an seinem T-Shirt. „Ich glaube kaum, dass einer von uns verkehrt herum hier hineingehen kann."

„So ein Pech", sagte Adam.

„Das bricht dir wohl das Herz, Adam", sagte Sally.

Watch fing an um den großen Grabstein herumzugehen. Er deutete auf das Friedhofstor. „Dort muss schon damals der Eingang gewesen sein. Von dorther haben sie den Sarg getragen. Wir sollten dort beginnen und diesen Weg nehmen. Aber ich glaube nicht, dass es funktioniert. Bum wollte uns mit diesem Rätsel noch mehr sagen." Watch schnitt eine Grimasse. „Hat von euch jemand eine Idee?"

„Ich nicht", sagte Sally und ließ sich ein paar Schrit-

65

te vom Grab entfernt auf dem Boden nieder. „Ich bin zu müde und zu hungrig." Sie klopfte auffordernd auf den Boden. „Warum ruhst du dich nicht ein wenig aus, Adam?"

„Ich finde, wir haben das Rätsel bisher ziemlich gut gelöst", sagte Adam und ließ sich neben Sally auf die Erde fallen. Es tat wirklich gut auszuruhen. Er fühlte sich, als sei er die ganze Strecke von Kansas City bis zur Westküste zu Fuß gegangen. Watch wanderte noch immer um das Grab und Adam rief ihm zu: „Wir können den letzten Teil immer noch später herausfinden."

Sally lächelte Adam an. „Soll ich dir die Füße massieren?", fragte sie süß.

„Ach, lass nur", sagte Adam.

„Ich mache das sehr sanft", sagte Sally.

„Heb dir deine Kraft für später auf", sagte Adam.

„Wir könnten einen Sarg besorgen", schlug Watch von hinter dem Grabstein vor. „Ich könnte mich verkehrt herum hineinlegen und ihr tragt mich rüber."

„Die Särge, die in dieser Stadt verkauft werden, sind verschlossen, sobald du sie zuklappst", sagte Sally, die auf dem Rücken lag und in den Himmel starrte. „Denk an die kratzenden Geräusche."

„Ich glaube kaum, dass ich genug Kraft habe dich in einem Sarg zu tragen", sagte Adam unaufmerksam. Er beobachtete das dumpfe rote Licht im Turm des nahen Schlosses. Es begann zu flackern und sah auch nicht mehr so dumpf aus. Vielleicht hatte Ann Templeton beschlossen, mehr Kerzen anzuzünden, oder sie hatte neue Holzscheite ins Feuer gelegt. Was machte sie dort oben? Adam dachte nach. War sie wirklich eine Hexe? Konnte sie wirklich Jungen in Frösche und Mädchen in Eidechsen verwandeln? Adam ging ihre Stimme nicht aus dem Kopf. Während Watch um das Grab wanderte und Sally neben ihm ein Nickerchen machte, dachte Adam über die seltsamen Dinge nach, die sie zu ihm gesagt hatte.

„Nichts ist so, wie es aussieht. Niemand hat nur eine Seite. Wenn du Geschichten über mich hörst - vielleicht von diesem dünnen Mädchen hier, vielleicht von anderen -, denke daran, sie stimmen nur zum Teil."

Aber sie schien ihn gemocht zu haben.

„Du hast sehr hübsche Augen. Weißt du das, Adam?"

Adam glaubte nicht, dass sie versuchen würde ihm wehzutun.

„Ich seh euch beide später - unter unterschiedlichen Umständen."

Das Licht im Turm flackerte wieder auf. Kerzen brannten normalerweise nicht so rot. Adam konnte nicht anders, er musste auf das Licht starren.

Auf den Turm.

Er glaubte den Schatten Ann Templetons am Fenster zu erkennen.

„Möchtest du mich dort einmal besuchen?"

Sie sah zu ihm herunter. Sie lächelte zu ihm herunter.

Ihre Lippen hatten die Farbe des Feuers. Ihre Augen glühten wie die Augen einer Katze.

„O nein!", flüsterte Adam.

Sally stieß ihn in die Seite.

„Adam?", sagte sie. Sie klang besorgt.

„Ja?", murmelte er und fühlte sich wie hypnotisiert.

Sally schüttelte ihn. „Adam!"

Er schaute sie an. „Was ist los?", sagte er.

„Was ist los mit *dir*?" Sally schaute zum Schloss hinauf. „Sie versucht dich in ihren Bann zu ziehen."

Adam schüttelte sich. Das rote Licht war verschwunden, ebenso wie das Bild der wunderschönen Frau. Der Bau hätte seit zweihundert Jahren schon verlassen sein können. „Nein, mir geht es gut, echt." Trotzdem war ihm irgendwie kalt. „Aber ich finde, wir sollten machen, dass wir hier wegkommen." Er schaute um sich. „Wo ist Watch?"

Sally erschrak. „Ich weiß es nicht." Sie sprang auf. „Watch! Adam, ich sehe ihn nirgends! Watch!"

Sie riefen geschlagene zehn Minuten.

Ihr Freund blieb verschwunden.

10

Sie fanden Watchs Brille vor dem Grabstein. Adam hatte beinahe erwartet, Blutspuren darauf zu entdecken, aber sie war nur schmutzig.

„Watch kann ohne seine Brille keine drei Meter gehen", flüsterte Sally.

„Aber er muss von hier weggegangen sein", sagte Adam.

„Nein", antwortete Sally düster.

„Was soll das heißen? Er ist aber weg!"

„Aber er ist nicht von hier weggegangen. Er ist verschwunden."

„Ich habe ihn nicht verschwinden sehen", sagte Adam.

„Was hast du denn gesehen?"

Adam war verwirrt. „Ich weiß nicht. Ich musste immer den Turm anschauen." Er zeigte durch die Bäume zu Ann Templetons Schloss. „Im obersten Fenster war ein rotes Glühen." Er schüttelte den Kopf und blickte zum Himmel. „Es scheint später zu sein, als es sein sollte. Waren wir eingeschlafen?"

Auch Sally schien verwundert zu sein. „Ich glaube nicht. Ich habe mich nur einen Moment hingelegt. Aber dann – ich glaube, ich habe geträumt."

„Wovon hast du geträumt?", fragte Adam.

Furcht erschien in Sallys Augen. „Von dem Tag, an dem die Hexe begraben wurde. Ich sah, wie man ihre Leiche hierher trug. Die Leute hatten panische Angst. Sie befürchteten, sie könnte wieder lebendig werden und sie alle auffressen." Sie schüttelte den Kopf. „Aber es war bloß ein Traum."

Adam deutete auf Watchs Brille. „Wir müssen Watch finden." Er wandte sich zum hinteren Teil des Friedhofs, von wo sie gekommen waren. Aber Sally hielt ihn auf.

„Watch hat den Friedhof nicht verlassen", sagte sie bestimmt.

„Wo ist er dann?", fragte Adam.

„Verstehst du nicht? Er hat das Ende des geheimen Pfads gefunden." Sie zeigte auf den Grabstein der Hexe. „Er ist dort durchgegangen."

Adam schüttelte den Kopf. „Das ist unmöglich. Warum ist dann nur er verschwunden? Warum nicht auch wir?"

„Er hat etwas ganz Bestimmtes gemacht. Hast du ihn wirklich nicht verschwinden sehen?"

„Nein, das habe ich doch schon gesagt."

Sally ging um den Grabstein herum, dabei redete sie die ganze Zeit. „Er versuchte herauszufinden, was der Schluss des Rätsels bedeutete. Er muss auf die Lösung gestoßen sein, vielleicht sogar durch Zufall." Sie blieb stehen, um nachzudenken und sprach die Worte des Rätsels laut vor sich hin. „Folgt dem Leben der Hexe bis zu ihrem Tod. Denkt daran, man trug sie verkehrt herum zu ihrem Grab." Sally schüttelte den Kopf. „Watch kann nicht auf dem Kopf durch den Grabstein gegangen sein. Und es war niemand hier, der ihn hätte tragen können."

Adam hatte eine Idee.

„Vielleicht nehmen wir das Rätsel zu wörtlich. Es ist schließlich ein Rätsel. ‚Verkehrt herum' kann ebensogut ‚rückwärts' bedeuten."

Sally kam näher. „Das verstehe ich nicht."

Adam zeigte auf das Friedhofstor.

„Bum wollte uns vielleicht sagen, dass sie rückwärts hergebracht wurde. Vielleicht müssen wir hier am Ende des geheimen Pfads ganz einfach rückwärts auf den Grabstein zugehen."

Sally machte einen Luftsprung. „Komm, wir probieren es!"

„Warte! Was ist, wenn es funktioniert?"

„Wir wollen doch, dass es funktioniert. Wir müssen Watch seine Brille bringen." Sally schaute ihn an. „Du gerätst doch jetzt nicht in Panik?"

Adam wurde ungeduldig: „Erstens war ich nie in Panik. Ich meine, auch wenn wir durch das Tor in eine andere Dimension gelangen – woher wissen wir, ob wir in derselben Dimension gelandet sind wie Watch?

Bum hat gesagt, es gibt auf der anderen Seite viele Spook Citys."

„Ich schätze, es gibt keine Möglichkeit das festzustellen, bevor wir es versucht haben. Wir müssen es einfach riskieren."

Adam schüttelte den Kopf. „Ich riskiere es. Allein. Du bleibst hier und passt auf."

„Worauf soll ich denn aufpassen? Die Gefahren sind alle auf der anderen Seite. Ich komme mit."

„Nein. Du hast es selbst gesagt – es könnte gefährlich werden."

Sally schaute ihn eindringlich an. „Du willst mich hoffentlich nicht beeindrucken? Denn falls das so sein sollte, ist es überflüssig. Ich mag dich bereits jetzt."

Adam seufzte. „Ich will dich nicht beeindrucken. Ich will nur nicht, dass du getötet wirst."

Sally schnaubte ihn an. „Adam, du bist heute erst angekommen. Ich bin in Spook City aufgewachsen. Schwarze Tore sind für mich etwas Alltägliches." Sie streckte die Hand nach ihm aus. „Komm, wir gehen gemeinsam und halten uns aneinander fest. Falls wir im Reich der bösen Hexe landen, habe ich wenigstens einen süßen Jungen dabei, der mir für die restliche Ewigkeit Gesellschaft leistet."

Adam zögerte. „Findest du mich wirklich süß?"

„Ja. Aber werde bloß nicht eingebildet." Sie zögerte. „Findest du mich nicht süß?"

Adam zuckte mit den Schultern. „Hm, doch, schon. Du bist ganz in Ordnung."

Sally schubste ihn. „Ich bin in Ordnung? In Ordnung? Mannomann, du musst noch ein, zwei Dinge über unsichere Frauen lernen." Sie nahm ihn an der Hand. „Bringen wir das schnell hinter uns, bevor ich die Nerven verliere."

Adam konnte spüren, wie sie zitterte. „Du hast Angst, nicht wahr?"

Sally nickte. „Ich habe Todesangst."

Adam nickte. „Mir geht es genauso." Er nahm Watchs Brille ganz fest in die Hand. „Aber wir müssen es versuchen. Unser Freund ist vielleicht in Gefahr."

„Du klingst wie einer dieser Helden im Film der Woche", sagte Sally.

„Ich habe schon schlimmere Beschreibungen über mich ergehen lassen."

Gemeinsam gingen sie zum Eingangstor. Dann, immer noch Hand in Hand, begannen sie rückwärts auf den Grabstein zuzugehen. Es war schwierig. Sie mussten immer wieder über die Schulter schauen, um nicht zu stolpern.

Adam spürte, wie sein Herz wie wild klopfte, als sie sich dem Grab näherten. Der Himmel schien blasser zu werden. Er glaubte aus dem Augenwinkel wieder das rote Flackern aus Ann Templetons Turm zu erkennen. Er glaubte zu sehen, dass sie ihm zuwinkte, ihn auslachte.

Hinter ihnen ragte der Grabstein empor.

Wind kam auf. Staub flog durch die Luft und machte sie blind.

„Adam!", schrie Sally plötzlich.

Adam fühlte, wie er strauchelte. Nein, es war eher, als habe ihm jemand ein Bein gestellt und ihn dann von einer Klippe gestürzt. In einen unsichtbaren Abgrund am Ende der Welt. Die Erde verschwand unter seinen Füßen, der Himmel hörte auf zu existieren. Er fiel ohne eine Bewegung. Er hielt Sallys Hand ganz fest, obwohl es ihm vorkam, als sei sie ein paar Millionen Lichtjahre von ihm entfernt. Er sah überhaupt nichts - nicht einmal den schwarzen Sturm, der ihn hochhob und wieder nach unten warf. Er ließ ihn in eine andere Zeit, in eine andere Dimension fallen.

11

Der Grabstein stand vor ihnen, an einem dunklen, trostlosen Ort. „Wir wurden umgedreht", flüsterte Sally. Sie stand neben Adam, und sie hielten sich noch immer an den Händen.

„Wir wurden nicht nur herumgedreht", flüsterte Adam zurück.

Er hatte Recht – Mann, er hatte Recht. Der Himmel war nicht völlig dunkel, sondern mit einem schwachen roten Glühen überzogen. Es sah aus, als habe sich das unheimliche Licht aus Ann Templetons Turm von Horizont zu Horizont ausgebreitet. Die Bäume waren jetzt vollkommen kahl. Scharfe Äste warteten darauf Vorbeigehende zu zerkratzen. Überall um sie herum waren die Grabsteine umgestürzt und zerbrochen, mit Spinnweben und Staub bedeckt. Viele waren umgefallen, weil sich die Körper, für die sie aufgestellt waren, aus der Erde gegraben hatten. Adam schauderte es, als er sah, wie viele zerbrochene und zersplitterte Särge über den Friedhof verstreut waren. In der Ferne, aus der Richtung des Schlosses, hörten sie Schreie, die Schreie der Verdammten.

„Wir müssen hier raus!", rief Sally. „Los, wir gehen wieder durch den Grabstein."

„Und was ist mit Watch?", fragte Adam.

„Wenn er hier ist, kommen wir wahrscheinlich zu spät." Sie hörten wieder einen Schrei und Sally presste Adams Hand. „Schnell, gehen wir! Bevor uns ein Toter frisst!"

Wieder gingen sie rückwärts auf den Grabstein zu. Aber dieses Mal stießen sie nur gegen den Marmorblock. Jetzt war er massiv, kein Tor, das in eine andere Dimension führte. Sie saßen in der Falle.

„Was war falsch?", rief Sally.

„Es funktioniert nicht", sagte Adam.

„Das weiß ich, aber warum funktioniert es nicht?"

„Das weiß ich nicht. Ich bin gerade erst aus Kansas City hergezogen. Vergiss das nicht." Wieder war ein Schrei vom Schloss herüber zu hören. Links von ihnen begann sich etwas in der Erde zu bewegen. Erde und abgestorbene Blätter flogen umher. Es konnte eine weitere Leiche sein, die sich zur Oberfläche grub. Sie warteten nicht ab, ob sich die Annahme bestätigte.

„Machen wir, dass wir von hier wegkommen!", rief Sally.

Sie rannten zum Eingangstor. Es bestand nur noch aus einem Haufen rostigen Metalls. Als sie den Friedhof verließen, erblickten sie tief unten das Meer. Aber es sah nicht mehr so aus, als sei es voll Wasser. Das Meer glühte in einem unheimlichen Grün, wie Flüssigkeit, die sich aus radioaktiven Minen ergießt. Ein geheimnisvoller Nebel hing über dem Wasser und drehte sich in winzig kleinen Wirbelstürmen. Sogar aus der Entfernung glaubte Adam Schatten wahrnehmen zu können, die sich unter der Wasseroberfläche bewegten. Er und Sally blieben stehen, um wieder zu Atem zu kommen.

„Ich möchte zu meinem Haus", sagte Sally.

„Sollen wir wirklich dorthin?", überlegte Adam laut. „Was wir da wohl finden?"

Sally nickte. Sie verstand, was er meinte. „Vielleicht treffen wir unsere Gegenstücke – aus dieser gruseligen Dimension."

Das war eine schauderhafte Vorstellung. „Glaubst du, das kann passieren?"

„Ich glaube, dass hier alles passieren kann", sagte Sally finster. Wieder ertönte ein Schrei vom Schloss herüber. Es klang, als hätte man gerade eine arme Seele in einen Kessel mit kochendem Wasser getaucht. Sally presste Adams Hand. „Aber ich wäre lieber dort als hier."

„Ich auch", sagte Adam.

Und so machten sie sich auf den Weg zu ihren Häusern. Aber das war nicht mit einem Spaziergang durch das *echte* Spook City zu vergleichen. Vielmehr hasteten sie von Busch zu Busch, von Baum zu Baum, falls jemand sie gesehen hatte. Sie sahen zwar niemanden,

zumindest nicht deutlich. Aber hinter jeder Ecke
glaubten sie jemanden erblickt zu haben, der vor ihnen weglief, oder den Schatten von *etwas*, das ihnen
folgte.

„Hier sieht es aus wie nach einem Krieg", flüsterte
Sally.

Adam nickte. „Einem Krieg gegen die Mächte des
Bösen."

Die Häuser lagen in Trümmern. Viele waren bis zu
den Grundmauern abgebrannt. Rauch stieg aus der
Asche auf und vermischte sich mit dem Nebel, der aus
der Richtung des grünen Meeres herübertrieb. Die
meisten Häuser waren, wie die Grabsteine, mit Staub
und Spinnweben bedeckt.

Was hatte die Menschen vertrieben?, überlegte
Adam. Was hatte den Platz der Menschen eingenommen? Schwarze Schemen bewegten sich vor dem
dumpfen, roten Himmel. Fledermäuse, so groß wie
Pferde, stießen durchdringende Schreie aus und dreh-
ten ihre Kreise auf der Suche nach lebendem Futter.
Adam und Sally hielten einander fest an den Händen
und eilten nach Hause.

Zuerst gingen sie zu Sallys Haus. Das war vielleicht
ein Fehler. Es war kaum noch etwas davon vorhanden.
Ein großer Baum, den es nach Sallys Aussage in der
wirklichen Welt gar nicht gab, war auf das Dach gestürzt und hatte das Haus zerstört. Sie durchsuchten

die Ruine, aber von Sallys Eltern war keine Spur zu entdecken.

„Vielleicht konnten sie fliehen", sagte sie.

„Vielleicht hättest du sie gar nicht wieder erkannt", sagte Adam.

Sally zitterte am ganzen Körper. „Willst du noch immer zu deinem Haus?"

„Ich weiß nicht, wo ich sonst hingehen sollte. Vielleicht sitzen wir hier für immer in der Falle."

„Sag so etwas nicht."

„Es ist aber wahr."

Sally sagte düster: „Viele traurige Dinge sind wahr."

12

Adams Haus stand noch. Er klopfte an die Tür, bevor er eintrat. Niemand gab Antwort. Nebel kroch um sie herum, er glühte orangerot wie der Himmel. Adam legte das Ohr gegen die Tür und lauschte auf sprechende Vampire und wandernde Zombies.

„Wir müssen nicht hineingehen", sagte Sally.

Adam schaute finster. „Ich muss nachsehen, wie es ihnen geht."

„*Sie* könnten eher wie *Dinge* sein."

Adam streckte die Hand nach dem Türknauf aus. „Du kannst hier bleiben, wenn du möchtest."

Sally sah sich auf der staubigen Veranda um. „Warum hast du mich nicht überredet auf der anderen Seite des Grabsteins zu bleiben?"

„Ich habe es versucht."

„Ich erinnere mich." Sally nickte. „Los, gehen wir."

Im Haus war es dunkel. Welche Überraschung. Das Licht funktionierte nicht. Sie gingen durch das Wohnzimmer in die Küche. Auf dem Tisch war ein gebratener Truthahn angerichtet. Doch er sah wenig appetitlich aus, denn Maden und Würmer waren über ihn hergefallen. Die Tiere krochen aus dem dunklen und aus dem hellen Fleisch ‒ und wieder hinein. Adam drehte den Wasserhahn auf. Er war durstig. Aus dem schmutzigen Abfluss blubberte Dampf hoch.

„Das ist ja heiter", sagte Sally.

Sie stiegen zu den Schlafzimmern hinauf. Adam hielt die Luft an und spähte vorsichtig in das erste hinein. Er erwartete, dass eine Klaue aus dem Schrank kommen und ihm das Gesicht aufreißen würde. Aber niemand war da. Nur staubige Bücher, die er vor Jahren in der wirklichen Welt gekauft hatte. Sein Lieblingsmantel, den ihm ein Freund in Kansas City geschenkt hatte, hing in der Luft, in einem riesigen Spinnennetz.

„Sie sitzt dort drüben", flüsterte Sally und deutete in eine Zimmerecke.

Die schwarze Spinne war so groß wie eine Katze und ihre schwarzen Haare standen hoch wie fettige Stacheln. Sie starrte zu ihnen herüber und machte mit ihren blutbefleckten Fängen klickende Geräusche. Schnell schlossen sie wieder die Tür.

„Ich glaube nicht, dass wir hier einen Kammerjäger rufen können", murmelte Sally.

Als Nächstes warf Adam einen Blick in das Zimmer seiner Schwester. Es war ebenfalls leer bis auf eine weitere riesige Spinne. Aber im Schlafzimmer seiner Eltern erblickte er zwei Gestalten unter schmutzigen Bettlaken. Sally zog hinter seinem Rücken verzweifelte Grimassen, als er sich langsam dem Bett näherte.

81

„Vielleicht sollten wir die beiden Gestalten nicht stören", flüsterte sie angespannt.

„Ich muss sie sehen", sagte Adam leise.

„Nein!", bat Sally und hielt ihn von hinten am Hemd fest. Adam fuhr fast aus der Haut.

„Lass das!", zischte er.

„Ich höre etwas, von draußen. Es kommt hierher."

Adam lauschte. Er hörte nichts. „Das ist nur deine Phantasie."

„Meine *Phantasie*? Hier brauche ich keine Phantasie." Sie schaute zu den beiden Gestalten unter den Laken. „Komm schon. Du willst sie nicht sehen."

Adam schüttelte sie ab. „Ich muss."

Er ging zum Bett und zog langsam das Laken weg.

Er rang nach Luft.

Sie waren schon lange tot, diese Skelette eines Mannes und einer Frau. Käfergroße Ameisen krabbelten über ihre Knochenarme. Das Haar hing wie rostfarbenes Stroh über ihre Schädel. Die Kiefer hingen herunter. Adam deckte schnell das Laken wieder darüber. Tränen füllten seine Augen.

„Das sind nicht meine Eltern", sagte er schluchzend.

Sally legte ihm sanft die Hand auf die Schulter. „Natürlich nicht. Deine Eltern sind am Leben, in der richtigen Welt. Wenn wir zurückkommen, wirst du sie wieder sehen. Es wird dir vorkommen, als seist du aus einem bösen Traum erwacht."

Sally fröstelte plötzlich. „Irgendetwas kommt auf uns zu!"

Jetzt hörte Adam es auch. Es klang wie das Klappern von Hufen.

„Es kommt hierher", flüsterte er.

„Wir müssen uns verstecken", sagte Sally. Sie fühlte, wie Panik in ihr aufstieg. „Es will uns." Sie zog an Adams Arm. „Wir müssen hier raus!"

Adam packte sie. „Warte! Das Versteck hier ist genauso gut wie jedes andere. Bleiben wir hier."

Sally zeigte auf das Bett. „Mit ihnen?"

Adam bedeutete ihr leiser zu sprechen. „Wir warten einfach, bis der Hufschlag vorbei ist."

Aber das Geräusch zog nicht vorüber. Stattdessen hielt es direkt vor dem Haus an.

„Jetzt haben wir ein Problem!", stöhnte Sally.

Sie hörten Schritte, das Stampfen menschlicher Schritte auf dem Flur. Wer auch immer es war, er ging ohne Umschweife auf die Tür zu und trat sie ein. Das Geräusch splitternden Holzes ließ Adams Herz beinahe zerspringen. Er packte Sally an der Hand und zog sie aus dem Raum, die Treppen hinunter. Er kannte das Haus kaum – er war ja erst eingezogen in der anderen Dimension. Aber er erinnerte sich, dass es neben dem Dielenschrank ein Fenster gab, das hinauf aufs Dach führte. Von dort konnte man dann leicht in den Garten springen.

Adam erreichte das Fenster genau in dem Augenblick, als die donnernden Schritte oben an der Treppe angekommen waren. Am anderen Ende des Ganges erkannte er eine große Gestalt in einem Eisenpanzer, die auf dem Weg zu ihnen war.

Sie sah wie ein Ritter aus. Ein schwarzer Ritter.

In der Hand hielt sie ein langes silbernes Schwert.

Der Ritter sah nicht freundlich aus.

Adam wuchtete das Fenster auf und schob Sally kopfüber hindurch, auf die zerbrochenen Holzschindeln des Daches. Während sie über das glitschige Dach kroch, versuchte Adam sich ebenfalls aus dem Fenster zu winden. Aber bevor er noch ganz durch war, schlug ihm etwas Schweres, Hartes die Füße weg. Er fiel wieder ins Haus zurück und erhaschte einen flüchtigen Blick auf den Ritter. Er hob sein scharfes Silberschwert.

Adam war sicher, dass ihm nun der Kopf abgeschlagen würde. Er sah einen hellen Blitz und dann wurde es dunkel um ihn.

13

Als Adam erwachte, war ihm kalt und er fühlte sich wie zerschlagen. Er öffnete die Augen und sah, dass er sich in einem steinernen Verlies befand. Er hörte jemanden atmen und rollte sich auf den Rücken. Er blinzelte in dem schwachen Lichtschein.

„Wer ist da?", flüsterte er.

„Watch. Bist es du, Adam?"

Adam fühlte, wie eine Woge der Erleichterung ihn durchströmte. Bis er feststellte, dass er an die Mauer gekettet war. Als sich seine Augen an die Dunkelheit gewöhnt hatten, sah er, dass sie in einem winzigen Gefängnis aus Eisenstäben gefangen saßen.

„Ja, ich bin es," antwortete Adam. „Wo sind wir?"

„Im Keller des Hexenschlosses", sagte Watch und rückte näher heran. Auch er war an die Mauer gekettet. Aber er hatte so viel Bewegungsspielraum, dass er den Arm ausstrecken und Adam berühren konnte. Er blinzelte, als er Adam anstarrte. „Du hast nicht zufällig meine Brille dabei?", fragte Watch.

Adam fühlte in seiner Tasche. „Doch, ganz zufällig", antwortete er. Er gab Watch die Brille, der sie erst zurechtbiegen musste, bevor er sie auf die Nase setzen konnte. Adam vermutete, dass er die Brille beschädigt hatte, als er niedergeschlagen worden war. Er untersuchte seinen Kopf nach Verletzungen und war froh, dass er noch auf den Schultern saß. Oben auf dem Schädel hatte er eine große Beule, aber sonst schien er in Ordnung zu sein. Rücken und Beine waren vom langen Liegen auf dem Steinboden kalt und steif. „Wie lange bin ich schon hier?", wollte er wissen.

„Sie haben dich vor zwei Stunden gebracht", sagte Watch, der noch immer seine Brille reparierte.

„Was ist mit Sally?", fragte Adam.

„Ist sie auch in diese Dimension gekommen?"

„Ja, ich habe versucht sie davon abzubringen. Hast du sie gesehen?"

„Nein", sagte Watch. „Aber das könnte ein gutes Zeichen sein."

„Warum?"

„Ich vermute, die Hexe hält eine unangenehme Überraschung für uns bereit."

„Hast du sie schon gesehen?", fragte Adam. „Wie sieht sie aus?"

Mit der ungefesselten Hand kratzte sich Watch am Kopf. „Sie sieht wie Ann Templeton aus, nur mit roten, statt schwarzen Haaren. Aber nach allem, was ich weiß, sieht Ann Templeton genauso aus wie Madeline Templeton."

„Du glaubst also, die Hexe, die vor zweihundert Jahren starb, hält uns hier gefangen?"

„Ja, oder wir sind die Gefangenen von Ann Templetons Gegenstück in dieser Dimension. Es ist schwierig zu sagen, was zutrifft."

Noch einmal rief Adam sich Ann Templetons Worte ins Gedächtnis. *„Ich sehe euch beide später - unter unterschiedlichen Umständen."*

„Ich glaube, es handelt sich um Ann Templetons Gegenstück", sagte Adam nachdenklich. „Ich hoffe es. Ann schien nicht so gemein zu sein."

„Du hast sie noch nicht getroffen", sagte Watch. „Ich schon. Sie schickt ihren schwarzen Ritter mit dem Auftrag aus, Jungen und Mädchen zu fangen. Ich habe Kinder gesehen, die schon eine Weile hier sind. Allen fehlt mindestens ein Körperteil - Nase, Augen, Ohren. Manchen sogar der Mund."

„Du hast sehr hübsche Augen, Adam. Weißt du das?"

Adam überkam das Entsetzen. „Was macht sie mit diesen ... Teilen?"

Watch zuckte mit den Schultern.

„Vielleicht sammelt sie sie, so wie ich Briefmarken sammle."

„Du sammelst Briefmarken? Ich sammle Baseballkarten." Adam schüttelte den Kopf. „Ich glaube kaum, dass sie unsere Sammlungen gegen unsere Freiheit eintauscht." Er dachte nach. „Wie bist du hier hereingekommen? Hat dich auch der schwarze Ritter erwischt?"

„Ja. Er hat mich in dieser Dimension abgefangen. Er hat auf der anderen Seite des Grabsteins gewartet."

„Dann muss er gewusst haben, dass du kommst", sagte Adam.

Adam sagte nachdenklich: „Das habe ich mir auch schon überlegt. Das bedeutet, dass Ann Templeton uns vom Schloss aus beobachtet hat und wusste, was wir taten. Sie muss die Fähigkeit gehabt haben diese Information der Hexe in dieser Dimension zu übermitteln." Watch schüttelte den Kopf. „Aber ich sehe nicht, wie uns diese Tatsache zur Flucht verhelfen könnte."

„Warst du bei Bewusstsein, als man dich in dieses Verlies gebracht hat?", fragte Adam.

„Ja. Das Schloss ist bizarr. Außer dass es dieses Verlies hat, ist es noch voll mit Uhren."

„Dann müsstest du dich eigentlich wie zu Hause fühlen", bemerkte Adam.

„Diese Uhren sind eigenartig. Sie gehen alle rückwärts."

„Interessant. Wir sind dir hierher gefolgt, indem wir rückwärts durch den Grabstein gegangen sind."

Watch nickte. „Das ist der Schlüssel. Das ist die Lösung des Rätsels."

„Aber als wir versuchten, den gleichen Weg durch den Grabstein wieder zurückzugehen, hat es nicht funktioniert."

„Ihr habt versucht zurückzugehen? Ihr wolltet mich allein hier lassen?"

„Wir haben uns umgeschaut und gedacht, dass du so gut wie tot bist."

Watch zeigte Verständnis. „Ich hätte es vermutlich genauso gemacht." Plötzlich drehte er den Kopf. „Ich glaube, sie kommt."

14

Nicht eine, sondern mehrere Gestalten traten am Ende des dunklen Korridors durch eine riesige Eisentür. Der schwarze Ritter führte die Gruppe an. Die Metallsohlen seiner Stiefel klirrten auf dem harten Boden. Das Geräusch war Adam nur zu vertraut. Hinter ihm stolperten drei Kinder, drei Mädchen. Sie waren aneinander gefesselt. Dem ersten Mädchen fehlte der Mund, dem zweiten fehlten die Augen und dem dritten die Ohren. Aber dort, wo die Teile entfernt worden waren, war die Haut nicht blutig und roh. Die Mädchen sahen vielmehr wie zugenähte Puppen aus. Wo sich früher die Körperteile befunden hatten, war nur glatte Haut zu sehen.

Als Letzte stolzierte die Hexe heran.

Es war Ann Templeton – und sie war es doch nicht.

Das Gesicht war das Gleiche, aber, wie Watch bereits bemerkt hatte, ihr Haar war rot, nicht schwarz. Es fiel über ihren Rücken und floss wie flüssiges Feuer über den schwarzen Umhang herab. Auch die Art, wie sie sich bewegte, unterschied sich von der der Frau, die er heute Morgen getroffen hatte. Ann Templeton war ihm lässig erschienen, ihre Art von Humor war boshaft, aber nicht unheimlich gewesen. Ein blasses Licht strahlte von dem Gesicht der Frau ab. Ihre Augen waren zwar ebenfalls grün wie die Augen ihrer interdimensionalen Schwester, aber sie glitzerten wie Smaragde. Mit Sicherheit war sie nicht der mütterliche Typ.

Gegenüber wurden die drei Mädchen in eine enge Zelle geworfen und an der Mauer angekettet. Die Hexe blieb vor Adams und Watchs Zelle stehen, der Ritter stellte sich neben sie. Eine lange Zeit starrte sie beide an, schließlich blieben ihre Augen auf Adam gerichtet. Ein leises Lächeln umspielte ihre Lippen, es war so kalt wie ihre Augen.

„Gefällt es dir in Spook City?", fragte sie. „Hast du schon alles Sehenswerte besichtigt?"

Adam vergaß beinahe zu atmen. „Es ist sehr nett hier, Madam."

Ihr Lächeln wurde breiter. „Es freut mich, dass es dir gefällt. Aber morgen kann es schon ganz anders aussehen. Es könnte in der Tat sehr schwarz sein."

Adam verstand, dass sie davon sprach seine Augen zu entfernen. „Aber Madam", stotterte er. „Erinnern Sie sich nicht mehr? Ich habe doch Ihr Auto vor dem Einkaufswagen gerettet. Sie sagten zu mir: ‚Danke Adam, du hast deine gute Tat für den heutigen Tag getan.'" Und kleinlaut fügte er hinzu: „Ich dachte, wir wären Freunde."

Sie warf den Kopf zurück und lachte. „Du verwechselst mich mit jemand anderem. Aber der Fehler ist verständlich. Alle Spiegel in diesem Schloss sind verstaubt. Ein Spiegelbild kann dem anderen sehr ähnlich sehen." Sie kam näher an die Zelle heran und legte eine Hand auf das Gitter. Adam sah, dass sie an der rechten Hand einen Rubinring trug. Das Innere des Steins glühte wie ein böses Feuer. „Ich bin nicht Ann Templeton, obwohl ich sie gut kenne. Die Skelette, die du in eurem Haus gefunden hast, sind nicht die deiner Eltern, obwohl sie es später einmal sein könnten. Aber darüber brauchst du dir im Augenblick keine Sorgen zu machen. Du bist kurz davor in die ewige Dunkelheit zu gehen. Du hast nur eine Chance dem zu entrinnen. Sag mir, wo sich deine Freundin Sally versteckt."

Sally musste entwischt sein, stellte Adam fest. Zumindest darüber konnte er sich freuen. Er stand stolz da, während die Hexe auf seine Antwort wartete. Die Kette hielt ihn eng an der Wand fest.

„Ich weiß nicht, wo sie ist", sagte er. „Aber auch wenn ich es wüsste, würde ich es Ihnen nicht sagen. Nicht einmal, wenn Sie damit drohen würden mich in einen Kessel mit kochendem Wasser zu werfen."

„Das mit dem Wasserkessel solltest du vielleicht nicht so stark betonen", murmelte Watch.

Die Hexe lächelte wieder, diesmal etwas betrübt. „Du hast so schöne Augen, Adam. Da, wo sie jetzt sind, sehen sie wirklich hübsch aus." Ihre Stimme klang härter. „Aber ich glaube, in einer meiner Puppen werden sie sich auch sehr hübsch ausnehmen." Sie hob die Hand und schnippte mit den Fingern. „Bring sie nach oben. Wir werden nicht bis morgen warten – mit der Operation."

Der schwarze Ritter zog sein Schwert und trat vor.

15

Aneinander gekettet wurden Adam und Watch einen langen, steinernen Treppenaufgang hochgeschleppt bis zum Wohnzimmer des Schlosses – falls Schlösser so etwas wie Wohnzimmer haben. Es war ein Platz voll mit Schatten, voll mit Kerzen, die mit roter Flamme brannten, und voll mit Gemälden, deren Augen sich bewegten. Die dunkle Decke hoch über ihren Köpfen war kaum zu erkennen. Die Hexe beobachtete, wie der Ritter sie an einem Eisenpfosten in einer Ecke des Raumes ankettete. Überall waren Uhren, die rückwärts gingen.

Da war noch etwas anderes, etwas Magisches.

In der Mitte des Raumes stand auf einem silbernen Podest eine Sanduhr. Sie war mannshoch und aus glänzendem Gold und funkelnden Juwelen gearbeitet. Der Sand, der durch die Verengung rieselte, glitzerte wie Diamantensplitter.

Aber das war nicht alles. Der Sand rieselte von der unteren in die obere Hälfte der Uhr.

Die Hexe bemerkte sein Interesse an der Uhr.

Sie lächelte. „In deiner Welt gibt es eine Geschichte von einem Mädchen, das durch einen Spiegel ging und in einem Wunderland herauskam. Das gleiche

Prinzip gilt hier. Nur, dass ihr durch einen Grabstein gegangen und an einem Ort schwarzer Magie gelandet seid. Es wird euch überraschen zu erfahren, dass eine Sanduhr genau wie diese in eurem Spook City existiert. Dort rieselt der Sand nach unten und die Zeit läuft vorwärts. Versteht ihr?"

„Ja", sagte Adam. „Und hier rieselt der Sand nach oben und die Zeit läuft rückwärts."

Sie nickte beifällig. „Aber für euch bleibt sie jetzt stehen. Ohne Augen, ohne Tag und Nacht vergeht die Zeit sehr, sehr langsam." Sie trat einen Schritt näher. „Das ist deine letzte Chance, Adam. Sag mir, wo Sally ist, und ich lasse dich gehen."

„Und ich? Wollen Sie mir keine letzte Chance geben?", fragte Watch.

„Halt den Mund", sagte die Hexe. „Solange du das noch kannst. In ein paar Minuten hast du keinen mehr, den du halten könntest."

„Sie geben mir Ihr Ehrenwort, dass ich gehen kann?", fragte Adam.

„Das Ehrenwort einer Hexe ist wertlos", sagte Watch. „Sie lügen alle."

„Sagst du das bloß, weil sie dir keine letzte Chance gibt?", fragte Adam.

„Vielleicht", gab Watch zu.

Adam dachte einen Augenblick nach. „Sie würden mich nicht gehen lassen. Sobald Sie Sally haben, werden mir die Augen herausgeschnitten. Sie können sie also ebenso gut gleich haben. Das erspart uns beiden eine Menge Ärger."

Ein Anflug von Verärgerung huschte über das Gesicht der Hexe. Aber dann lächelte sie wieder und berührte Adams Kinn mit ihren langen Fingernägeln.

„Ich kann mir für dich Zeit nehmen. Das ist für mich überhaupt kein Problem", sagte sie leise. „Da du das kochende Wasser selbst erwähnt hast ..., ich finde, du solltest noch ein Bad nehmen vor der Operation. Ein besonders heißes, eines, das deine Haut zum Schmelzen bringt. Was hältst du davon?"

Adam schluckte. „Eigentlich dusche ich lieber."

Die Hexe lachte und schaute den Ritter an. „Komm, wir müssen alles für unsere tapferen Jungen vorbereiten." Sie kratzte Adam am Kinn, sodass ein Tropfen Blut austrat. Dann zog sie den Arm zurück und wandte sich ab. „Wir werden sehen, wie tapfer sie sind – wenn sie anfangen zu schreien."

Watch rief: „Ich mag weder baden noch duschen!"

„Du hast leider keine Wahl", rief die Hexe über die Schulter zurück und entfernte sich. Der Ritter folgte ihr, und sie verschwanden in einem anderen Raum.

Adam entschuldigte sich bei Watch. „Es tut mir Leid, dass ich uns freiwillig für das kochende Wasser gemeldet habe."

Watch winkte ab. „Es gibt Schlimmeres."

„Was zum Beispiel?"

Watch verzog das Gesicht. „Im Moment fällt mir nichts Schlimmeres ein." Er deutete mit dem Kinn auf die Sanduhr. „Das scheint ihr Lieblingsstück zu sein. Sie hat ein großes Getue darum gemacht. Ich überlege, ob diese Uhr wirklich alle Zeitbewegungen in dieser Dimension kontrolliert."

„Das überlege ich auch gerade", sagte Adam.

Eine Minute angestrengten Schweigens herrschte zwischen ihnen.

„Was machen wir also?", fragte Watch schließlich.

„Hast du keine brillante Idee?"

„Nein, du vielleicht?"

Adam zerrte an der Kette, die sie fesselte.

„Nein. Scheint so, als wäre das tatsächlich das Ende."

Watch zog an der Kette, erfolglos. „Es sieht hoffnungslos aus. Tut mir Leid, dass ich dich auf den geheimen Pfad geschleppt habe. Das war nicht die beste Einführung in Spook City."

„Das ist schon in Ordnung. Es war nicht deine Schuld. Ich wollte ja mitgehen." Adam seufzte. Tränen stiegen ihm in die Augen. „Ich würde mich besser fühlen, wenn ich wüsste, dass wenigstens Sally in Sicherheit ist."

Von oben, hinter ihnen ertönte eine Stimme. „Das finde ich echt süß", sagte Sally.

16

Sally schaute durch ein vergittertes Fenster, das sich etwa sechs Meter über ihren Köpfen befand. Sie sah schmutzig und müde aus, aber ansonsten wirkte sie nicht sehr mitgenommen.

„Sally!", rief Adam. „Was machst du denn hier?"

„Ich versuche euch zu retten, Jungs", erklärte sie. „Aber ich weiß bis jetzt noch nicht, wie ich in dieses Gemäuer hineinkommen soll."

„Mach, dass du von hier wegkommst", sagte Adam. „Wir sind verloren. Rette du dich."

Watch räusperte sich. „Entschuldige mal. Ich hätte nichts dagegen gerettet zu werden."

Adam überlegte. „Du hast Recht. Wenn sie uns retten kann, ohne selbst gefangen zu werden, wäre das gar nicht so übel." Er wandte sich wieder an Sally. „Kannst du nicht zwischen den Stäben durchkriechen? Die Abstände scheinen nicht groß zu sein."

„Ja, durch die Stäbe komme ich leicht", meinte sie. „Aber was mache ich dann? Soll ich zu euch herabschweben?"

Watch deutete mit dem Kopf nach oben. „Da, der Leuchter. Du könntest springen und dich daran festhalten."

„Stimmt, der Abstand zum Fenster ist nicht so groß", pflichtete ihm Adam bei.

„Was glaubt ihr, wer ich bin? Tarzan? Ich kann mich nicht von einem Leuchter schwingen. Ich könnte abstürzen."

„Das ist richtig", sagte Watch. „Aber wir sollen zu Tode gekocht werden. Ich finde, jetzt ist nicht der Zeitpunkt für übertriebene Vorsichtsmaßnahmen."

„Das finde ich auch", sagte Adam.

„Ich dachte, du machst dir um meine Sicherheit Sorgen", meinte Sally ungnädig.

„Das tue ich", sagte Adam schnell. „Es ist nur so, dass ..."

„... ich mir mehr Sorgen um meine eigene Sicherheit mache", unterbrach ihn Watch.

„He! Moment! Das habe ich nicht gesagt!", protestierte Adam.

„Aber du hast es gedacht", sagte Watch. Er warf einen Blick auf eine seiner Uhren. „Wenn du uns retten willst, dann solltest du es jetzt versuchen. Die Hexe und der schwarze Ritter können jeden Moment zurückkommen."

Sally schlängelte sich durch das Gitter, blieb nur einmal stecken und kauerte sich auf den Steinsims. Misstrauisch fixierte sie den Kerzenleuchter. Er war nur gut eineinhalb Meter entfernt, aber ihr schien es sehr weit zu sein.

„Was ist, wenn ich daneben greife und auf den Boden knalle?", fragte sie.

„Das ist lange nicht so schmerzhaft, wie lebendig gekocht zu werden", sagte Adam.

„Was soll ich eurer Meinung nach tun, wenn ich dann am Leuchter baumle?", fragte sie.

„Darum kümmern wir uns, wenn du so weit gekommen bist", meinte Watch.

„Irgendwie passt ihr beide nicht in mein Heldenbild", stellte Sally fest. Sie machte sich selbst Mut. „Ich tue es. Eins ... zwei ... drei!"

Sally sprang. Ihre ausgestreckten Finger erreichten knapp den Rand des Leuchters. Die Erschütterung und das zusätzliche Gewicht zogen sofort das Seil, an dem der Leuchter hing, nach unten. Das erwies sich als günstig. Wie Tarzan oder Jane konnte Sally auf dem sinkenden Leuchter zu Boden schwingen. Die Kerzen fielen um und erloschen, das blutrote Wachs spritzte auf den Boden. Zum Glück brannten die Kerzen in den Wandleuchtern weiter. Sobald Sally auf den Füßen war, klopfte sie ihre Kleidung lässig ab und kam zu ihnen herüber.

„Wusstet ihr, dass dieses Schloss von einem Graben umgeben ist, in dem es von Krokodilen und Alligatoren nur so wimmelt?", fragte sie.

„Darum kümmern wir uns, wenn wir so weit gekommen sind", wiederholte Watch. Er deutete auf die

Fesseln. „Ich nehme nicht an, dass du die Schlüssel dazu in der Tasche hast."

„Das kann ich nicht behaupten", sagte Sally und blickte sich um. „Wo ist die Hexe?"

„Lässt unser Bad einlaufen", sagte Adam. „Wir müssen uns der Tatsache stellen, dass wir nicht in der Lage sind, diese Ketten zu zerstören. Aber was ist, wenn wir Sally etwas anderes zerstören lassen?"

„Was?", fragten beide.

Adam deutete zu der Sanduhr hinüber.

„Das ist ihr ganzer Stolz. Die meisten Hexen haben eine schwarze Katze, aber sie hat das da. Vielleicht ist die Uhr die Quelle ihrer Macht. Wirf sie um, Sally. Zerbrich das Glas und verstreue den ganzen Sand über den Boden."

Die Idee erschien Sally einleuchtend. Wie ein hungriger Löwe ein lahmes Zebra angreift, so sprang Sally gegen die Sanduhr – diesen Eindruck hatte Adam, als er Sally beobachtete. Die Uhr war nicht festgeschraubt. Wahrscheinlich hatte die Hexe noch nie Gäste ohne Fesseln gehabt, die Sanduhren hassten. Ein paar heftige Tritte genügten, und das ganze Ding fiel um. Mit unglaublicher Gewalt schlug es auf dem Boden auf. Die Glaswände zerbrachen, und der Staub ergoss sich über den Steinboden.

Plötzlich spielte alles in diesem Reich der Albträume verrückt.

Die Kerzen begannen zu flackern, als ob sie jeden Augenblick erlöschen würden. Dann wäre es vollkommen dunkel. Der Boden schwankte wie bei einem Erdbeben. Es herrschte ein unglaublicher Lärm. Die Steinmauern des Schlosses bekamen Risse, und der Staub splitternder Steine regnete auf sie herab. Aber das Allerbeste war, dass der Eisenpfahl, an dem sie festgekettet waren, in zwei Teile brach. Sie konnten die Fesseln von dem Pfahl abstreifen. Aus einem tiefer gelegenen Raum war das Wutgeheul der Hexe zu hören.

„Wir sollten machen, dass wir hier wegkommen", sagte Adam und packte Sally am Arm. Er trug noch immer die Fesseln am Handgelenk. „Sie klingt unglücklich."

„Das ist milde ausgedrückt", bemerkte Watch und rückte seine Brille zurecht. Sie rannten in Richtung Haupteingang, so hofften sie zumindest. Adam blieb plötzlich stehen.

„Einen Augenblick", sagte er. „Wir können die anderen nicht einfach im Verlies zurücklassen."

„Welche anderen?", fragte Sally.

Der Boden schwankte noch immer. Es war, als würde das Schloss aus allen Fugen gerissen.

„Unten im Verlies sind noch ein paar Kinder", erklärte Watch. „Sie sind, glaube ich, ganz nett, nur fehlen ihnen ein paar Teile", fügte er hinzu.

Sally verzog das Gesicht. „Ich hoffe, in dieser Dimension gibt es plastische Chirurgen."

„Wir müssen sie herausholen, bevor das ganze Schloss einstürzt", sagte Adam.

Sally und Watch schauten sich an.

„Jetzt kommt plötzlich der Held zum Vorschein", sagte Sally.

„Wir hätten ihn niemals Feigling nennen dürfen", bestätigte Watch.

Adam wurde ungeduldig. „Ich hole sie."

Sally widersprach nicht. „Wir können genauso gut mitkommen. Draußen erwartet uns sowieso nur eine Horde hungriger Krokodile und Alligatoren."

Bevor sie den Raum verließen, bückte sich Adam und hob eine Hand voll Diamantenstaub aus der zerbrochenen Sanduhr auf. Er leuchtete in seiner Hand wie Millionen winziger Sonnen. Es war wie ein Zauber, wirklich. Er steckte ihn in die Taschen.

Sie rannten los, fanden die Tür zum Verlies und eilten die Treppe hinunter. Aber unten angekommen, stellten sie fest, dass alle Zellentüren offen standen. Die Gefangenen waren bereits entkommen.

„Wohin sind sie gelaufen?", überlegte Adam laut.

„Dieser Gang muss nach draußen führen", sagte Watch und deutete nach vorn. „Zumindest führt er zu einem Ausgang, ich spüre einen Luftzug."

„Ich würde mich eher unter dem Burggraben durchbuddeln, als zu versuchen durchzuschwimmen", sagte Sally.

„Wie bist du denn vorher drüber gekommen?", fragte Adam.

„Ich habe der Wache erzählt, ich sei eine persönliche Freundin der Hexe und würde erwartet." Sally schüttelte sich. „Es war ein Troll. Er war ziemlich dumm und hat für mich die Zugbrücke heruntergelassen."

Das Schloss erbebte wieder. Alle drei wären beinahe zu Boden gestürzt. Hinter ihnen brach die Treppe ein, nur ein Trümmerhaufen blieb übrig. Adam half Sally, das Gleichgewicht wieder zu finden.

„Das nimmt uns die Entscheidung ab", stellte Adam fest. „Wir müssen den gleichen Weg gehen, den die anderen genommen haben. Vielleicht kennen sie sich im Schloss besser aus als wir."

„Ja, aber die Hälfte von ihnen ist blind", bemerkte Watch.

Doch sie hatten keine andere Chance und das wussten sie auch.

Sie rannten den dunklen unterirdischen Gang entlang. Von vorn spürten sie schon frische Luft.

Aber hinter sich hörten sie die Hexe.

Ihre Schreie hallten durch das Schloss. Sie verfluchte sie.

17

Der Gang führte direkt zum Friedhof. Das war gut, zugleich aber auch schlecht. Gut, weil sie zum Friedhof mussten, um durch das Tor in die andere Dimension zu gelangen. Schlecht, weil alle Leichen, die unter der Erde lagen, jetzt, da in ihrer Welt das Ende nahte, zur Oberfläche kletterten. Als sie in Richtung Grabstein rannten, schob sich eine Knochenhand aus dem schlammigen Boden und umklammerte Sallys Knöchel.

„Hilfe!", rief sie, als die Hand versuchte sie nach unten zu ziehen.

Adam und Watch eilten ihr zu Hilfe. Leider hatte das Skelett mit dem Verlust der Muskeln nicht auch seine Muskelkraft verloren. Es war eine sehr kräftige Leiche. Sie konnten Sally nicht frei bekommen. Ihr rechtes Bein verschwand bis zum Knie und sie bekam Panik. Adam hielt sie an den Armen, doch er spürte, wie er selbst mit nach unten gezogen wurde.

„Lass mich bitte nicht los!", flehte Sally.

„Das mache ich nicht", versprach Adam. „Watch!"

„Was?"

„Tu etwas!", rief Adam.

„Was zum Beispiel?", fragte Watch.

„Hol einen Stock!", befahl Adam und deutete auf die toten Äste, die überall herumlagen. „Ramme ihn zwischen Sallys Knöchel und die Knochenhand. Vielleicht wird das Ding dadurch irritiert."

„So dürr bin ich auch wieder nicht", sagte Sally, die mit aller Kraft darum kämpfte über der Erde zu bleiben. Langsam, aber unaufhaltsam verlor Adam seinen Kampf gegen das unsichtbare Monster. Noch ein paar Sekunden, und Sally würde in einem Sarg verschwinden.

„Beeil dich!", fuhr Adam Watch an.

Watch fand einen geeigneten Stock und schob ihn hinunter in das Loch, das immer größer wurde, je mehr von Sallys Körper verschwand. Aber da Watch in der dunklen Erde stochern musste, hatte er Mühe die richtige Stelle zwischen der Hand und Sallys Knöchel zu treffen. Endlich fand er den Punkt. Sally stieß einen Schrei aus. Watch benutzte ihr Schienbein als Hebel.

„Das tut weh!", beklagte sie sich.

„Aufgefressen zu werden tut mehr weh", sagte Adam.

„Gekocht zu werden ist schlimmer", sagte Sally sarkastisch. „Das habe ich bereits gehört." Sie hämmerte Watch mit den Fäusten auf den Rücken, während dieser mit der unterirdischen Kreatur kämpfte. „Mach, dass mich das Ding loslässt!"

„Es wäre sehr hilfreich, wenn du meine Konzentration nicht ständig stören würdest", sagte Watch.

Sally rutschte immer tiefer in das Loch. „Adam!", schrie sie verzweifelt.

„Sally!", rief er zurück.

„Wenn du mich liebst, dann steck dein Bein in das Loch. Vielleicht geht es dann auf dich los, und ich komme frei."

„So sehr liebt er dich nun auch wieder nicht", brummte Watch, als Adam keine Anstalten machte sein Bein anzubieten. Watch fuhr fort: „Nur noch ein paar Sekunden. Ich glaube ... Ja! Es schluckt den Köder. Es hat den Stock gepackt. Schnell, zieh dein Bein heraus, Sally!"

„Gott sei Dank!", rief sie erleichtert. In dem Moment, als die Kreatur den Knöchel losließ, konnte Adam Sally aus dem Loch ziehen. Er wollte ihr helfen die Erde abzuklopfen, aber sie stieß seine Hände weg.

„Das Letzte, was mich jetzt interessiert, ist mein Aussehen", sagte sie. Sie deutete auf den Grabstein. „Wie sollen wir da durchkommen?"

„Wir sollten das lieber schnell herausfinden", sagte Watch, der über die Schulter zurück zu dem einstürzenden Schloss schaute. „Wir bekommen Gesellschaft."

Er hatte Recht. Der schwarze Ritter näherte sich.

Und bei ihm war die Hexe.

18

Sie hasteten rückwärts auf den Grabstein zu. Aber alles, was sie davon hatten, waren ein paar Beulen am Hinterkopf. Das Tor zur anderen Dimension war nicht geöffnet.

„Warum funktioniert es nicht?", wollte Sally wissen.

„Das kannst du gleich die Hexe fragen", murmelte Adam. „Sie wird jeden Augenblick hier sein."

„Der Ritter wird vor ihr da sein", sagte Watch finster und deutete mit der Hand. „Schaut, er kommt. Dort hinter dem Baum ist er. Wir brauchen Waffen. Ein paar kräftige Stöcke."

„Laserpistolen wären nützlicher", bemerkte Sally.

Rasch klaubten sie kräftige Äste zusammen, die sich als Schlagstöcke verwenden ließen. In einer Art Halbkreis stellten sie sich vor dem Grabstein auf. Der Ritter kam argwöhnisch näher, das silberne Schwert hatte er gezogen. Etwa zweihundert Meter hinter ihm schritt die Hexe über den Friedhof, der sich in immer größerem Aufruhr befand. Ihr Haar leuchtete wie Feuer. Das Licht ihrer grünen Augen hatte die kranke Farbe des Todes. Als der Ritter noch etwa fünfzehn Meter entfernt war, gab Adam Sally und Watch die Anweisung sich um ihn zu verteilen.

108

„Wir greifen ihn von drei Seiten an", sagte er.

Sie schwärmten aus. Der Ritter war zwar groß und stark, aber etwas unbeholfen. Adam schlug mit seinem Holzprügel gegen das gepanzerte Knie des Ritters, und dieser verlor beinahe das Gleichgewicht. Sally war noch kühner. Sie kam von hinten und schlug ihn mit aller Kraft auf den Kopf. Das gefiel ihm gar nicht.

Mit einer überraschend flinken Bewegung drehte er sich um und schwang sein silbernes Schwert gegen Sally.

Watch und Adam hielten den Atem an.

Glücklicherweise duckte sich Sally rechtzeitig. Der Hieb des Ritters verfehlte sein Ziel. Einen Augenblick lang schwankte er und Watch nützte die Gelegenheit: Er ließ den Stock fallen und sprang auf den Rücken des Ritters. Er schlang seine Arme um dessen Hals und ritt wie auf einem galoppierenden Pferd.

„Was machst du da?", rief Adam.

„Das habe ich in einem Film gesehen!", rief Watch zurück. Er konnte sich nur noch mit Mühe halten.

„Wir müssen ihn da herunterholen!", rief Sally und hastete zu Adam hinüber. „Der Ritter bringt ihn um."

Das waren wahre Worte. Sie konnten den Ritter zwar mit ihren Stöcken schlagen, sie konnten ihn aber nicht frontal angreifen, außer, sie wollten von seinem Schwert zerhackt werden. Adam und Sally mussten

109

hilflos mit ansehen, wie der Ritter über die Schulter nach hinten griff und Watch zu fassen bekam. Langsam begann er ihn nach vorn zu ziehen. Mit der anderen Hand hob er das Schwert. In wenigen Augenblicken, das war Adam klar, würde Watch seinen Kopf verlieren.

In diesem Augenblick bohrte sich eine Knochenhand aus der Erde.

Tastende tote Finger suchten rechts und links. Als ob sie von einem unsichtbaren Radargerät geleitet würde, prüfte die Skeletthand die Umgebung. Bei seinem Kampf mit Watch kam der Ritter einen Schritt zu nahe an die Hand.

Sie packte den Stiefel des Ritters.

Der Ritter ließ Watch fallen und starrte zu dem Ding hinunter.

Wütend hob er sein silbernes Schwert. Das Skelett zog mit solcher Macht an dem schwarzen Stiefel, dass der Ritter das Gleichgewicht verlor und auf den Rücken fiel. Im Sturz verlor er das Schwert.

Ein zweites Skelett klammerte sich nun an den Hals des Ritters.

Er wurde unter die Erde gezogen.

Sally, Adam und Watch stießen ein Freudengeheul aus. Ungefähr zwei Sekunden lang.

„Amüsiert ihr euch gut?", fragte die Hexe, die bedrohlich groß nur etwa drei Meter hinter ihnen stand.

Während des Kampfes mit dem Ritter hatten sie sie ganz vergessen. Das Feuer in ihren roten Haaren loderte und ein kaltes Grün blitzte in ihren Augen. Sie trat einen Schritt auf sie zu und sagte böse: „Ihr habt mir mehr Probleme gemacht, als ich erwartete. Aber jetzt habe ich euch drei wenigstens alle beieinander."

Adam ergriff das Schwert des Ritters. Es war unglaublich schwer. Er schob die beiden anderen hinter sich und hielt der Hexe die scharfe Klinge entgegen.

„Keinen Schritt weiter!", warnte er. „Sonst durchbohre ich Sie."

„Ha!", sagte die Hexe und kam einen Schritt auf ihn zu. Sie stand zwischen ihnen und dem Grabstein. „Du wärst kein ebenbürtiger Gegner für mich, auch wenn du hundert Männer und hundert Schwerter hinter dir hättest." Sie hob die rechte Hand, an der der funkelnde Ring steckte. „In diesem Augenblick könnte ich dich zerschmelzen, als ob du aus Wachs wärst."

„Ich glaube, sie meint es ernst", bemerkte Sally.

„Vielleicht könnten wir die Kapitulationsbedingungen besprechen", sagte Watch.

„Nein", sagte Adam. „Du willst dich doch nicht auf einen Handel mit einer Hexe einlassen. Vielleicht wird das auch gar nicht notwendig sein. Mir ist eben eine Idee gekommen. Die Uhren gehen hier rückwärts. Die Zeit geht rückwärts. Alles hier geht rückwärts. Vielleicht erreichen wir hier durch Vorwärtsgehen das Gleiche wie durch Rückwärtsgehen zu Hause."

„Wie bitte?", sagte Sally.

„Wir sollen geradeaus durch den Grabstein marschieren!", sagte Watch aufgeregt.

„Genau", sagte Adam.

„Warum ist dir das erst jetzt eingefallen, wo die Hexe uns den Weg abschneidet?", fragte Sally.

Die Hexe machte sich über sie lustig und stellte sich direkt vor den Grabstein. „Ja, Adam, diese brillante Idee kam dir ein paar Sekunden zu spät", sagte sie. „Was wollt ihr jetzt machen? Den Grabstein einer anderen Hexe suchen? Tut mir Leid. Ich fürchte, es gibt nur einen Weg, um einen zweiten Stein zu finden. Ihr müsst mich töten und einen Stein auf meinem Grab aufstellen." Ihre linke Hand streichelte den Ring an der rechten Hand. Das Feuer des Steins wurde immer stärker. Mit breitem Lächeln fügte sie hinzu: „Einem blinden Jungen dürfte das reichlich schwer fallen, nicht wahr?"

Adam hatte genug von ihren Drohungen.

„Ich bin noch nicht blind!", rief er und griff sie mit dem Schwert an. Leider kam er nicht sehr weit.

Eine Flammenzunge sprang aus dem Rubin, traf auf die Spitze der Klinge und fraß sich bis zum Griff hinunter. Seine Hand wurde glühend heiß und Adam musste das Schwert zu Boden fallen lassen. Die Waffe des Ritters verwandelte sich in eine silberne Pfütze. Adam starrte sie einen Augenblick verblüfft an. Er bemerkte nicht, wie die Hexe sich zu ihm beugte und ihn am Hals packte. Aber er sah ihre Augen, als sie sein Gesicht zu ihrem hochzog. Ihre grünen Augen leuchteten wie Laserstrahlen. Er musste blinzeln. Aus den Augenwinkeln sah er, wie der lange Fingernagel ihrer freien Hand immer näher kam.

„Ich habe beschlossen deine Augen hier und jetzt auszustechen", sagte die Hexe finster. „Vor den Augen deiner Freunde. Sie sollen sehen, was mit denen geschieht, die sich mir entgegenstellen."

„Nur einen Augenblick noch!", bettelte Adam. „Ich habe etwas für Sie. Ich habe es aus dem Schloss gestohlen."

Die Hexe hielt inne. Der scharfe Nagel war nur noch Zentimeter von Adams Gesicht entfernt. „Was hast du aus meinem Schloss gestohlen?", fragte sie drohend.

„Ich zeige es Ihnen", antwortete Adam.

Er griff in seine Tasche und holte eine Hand voll Staub aus der Sanduhr heraus.

Der Diamantenstaub, der magische Staub.

Er öffnete die Hand und hielt sie der Hexe vor das Gesicht. Sie sah den Staub entsetzt an.

„Für das, was du meiner Uhr angetan hast, wirst du bezahlen!", schwor sie.

113

„Natürlich", sagte Adam. „Aber nicht heute."

Er nahm einen tiefen Atemzug und blies der Hexe den Staub in die Augen.

Sie schrie auf und ließ ihn fallen. Sie taumelte rückwärts und rieb sich die brennenden Augen. Dabei stolperte sie über den Kopf des schwarzen Ritters – das war alles, was noch von ihm zu sehen war. Mit einem bitteren Schrei stürzte die Hexe zu Boden. Knochige Hände schoben sich aus der Erde und packten sie an ihren roten Haaren. Sie zogen heftig, und die Hexe begann zu versinken.

Adam wartete nicht ab, ob sie sich würde befreien können.

„Los, kommt!", rief er den anderen zu.

Sie nahmen Sally in die Mitte, hielten sich fest an den Händen und machten einen großen Sprung auf den Grabstein zu.

Die Welt drehte sich. Der Himmel drehte sich. Die Erde wurde zum Himmel, und der Himmel wurde zum Meer. Sie fielen bewegungslos. Sie flogen ohne Flügel. Schließlich wurde es rings um sie schwarz, und die Zeit schien stehen zu bleiben.

Dann standen sie auf der anderen Seite des Grabsteins.

Über ihnen war blauer Himmel.

Sie waren wieder zu Hause – im sicheren Spook City.

Nachwort

Adam brachte Sally nach Hause. Watch war losgezogen. Er wollte ein Truthahnsandwich kaufen und mit Bum sprechen. Watch wollte herausbekommen, ob es noch mehr geheime Pfade gab. Als ob der erste für einen Tag nicht genug wäre. Adam und Sally wünschten ihm viel Glück.

„Nimm beim nächsten Mal deine Brille mit", hatte Adam zu ihm gesagt. „Ich bringe sie dir nicht noch einmal nach."

Als sie durch die friedlichen Straßen des echten Spook City gingen, fiel ihnen auf, dass die Sonne beinahe senkrecht über ihnen stand.

„Ich finde, es sieht aus, als wäre jetzt genau die gleiche Tageszeit, zu der wir uns beide begegnet sind", bemerkte Sally.

„So ist es wohl auch", sagte Adam. „Wahrscheinlich haben wir uns, während wir auf der anderen Seite waren, zeitlich zurückbewegt. Vielleicht begegnen wir uns selbst, wie wir gerade mein Haus verlassen. Wir sollten uns beeilen und uns abfangen. Dann könnten wir uns den ganzen Ärger ersparen."

„Warum denn? Lass sie doch das Abenteuer genießen."

Adam war sprachlos. „Hat dir der heutige Tag gefallen?"

„Na klar. Das war ein ganz normaler Tag in Spook City. Du wirst dich an solche Tage gewöhnen."

Adam fühlte sich vollkommen erschöpft. „Ich hoffe nicht."

Sie verabschiedeten sich an Sallys Hofeinfahrt.

„Ich würde dich ja einladen", sagte sie, „aber meine Eltern sind ziemlich seltsam."

„Das ist schon in Ordnung. Ich sollte jetzt sowieso besser nach Hause gehen und meinen Eltern beim Ausladen helfen."

Sally kam ganz nah an Adam heran und schaute ihm in die Augen. „Ich mag dich, Adam."

Er wurde nervös. „Ich mag dich."

„Würdest du mir etwas verraten? Bitte?"

„Was?"

„Wie war ihr Name?", fragte Sally.

„Wessen Name?"

„Des Mädchens, das du zurücklassen musstest."

„Da gab es kein Mädchen. Das habe ich dir doch schon gesagt."

„War das dein Ernst?", sagte Sally.

„Das war und das ist mein Ernst."

„Ich muss also nicht eifersüchtig sein?"

Adam musste lachen. „Du musst nicht eifersüchtig sein, Sally. Ich verspreche es."

„Jetzt bin ich aber erleichtert." Sie lächelte und drückte seine Schulter. „Werden wir uns bald wieder sehen?"

Adam zuckte mit den Achseln. „Wahrscheinlich morgen."

Adam ging nach Hause. Seine Eltern und seine Schwester saßen in der Küche ... noch immer beim Mittagessen.

„So schnell zurück?", fragte sein Vater.

Adam versuchte nicht albern zu grinsen.

„Ja", sagte er. „Wie geht es deinem Rücken?"

„Alles in Ordnung", sagte sein Vater.

„Wie ist die Stadt?", fragte seine Mutter.

„Interessant." Adam überlegte einen Augenblick. „Ich glaube, hier wird es mir nicht langweilig werden."

Der Geist der Finsternis

1

Der Tag, an dem der Geist der Finsternis Cindy Makeys kleinen Bruder entführte, war von Anfang an schief gelaufen. Von dem Augenblick an, als ihre Familie nach Spring City oder Spook City, wie die Kinder den Ort nannten, gezogen war, hatte Cindy erwartet, dass etwas Schlimmes passieren würde. Zunächst hatte Cindy – obwohl ihr die Stadt von Anfang an nicht gefallen hatte – nur die Hälfte der Geschichten geglaubt, die man erzählte. Aber als dann der Geist aus dem Leuchtturm gekommen war und Neil entführt hatte, glaubte sie alles.

„Darf ich auf die Mole hinaus?", fragte Neil, als sie am Ende des Strands angekommen waren, dort, wo die felsige Mole zum Leuchtturm hinaus führte.

„Nein, lieber nicht", antwortete Cindy. „Es ist schon spät und außerdem ziemlich kalt."

„Bitte!", bettelte Neil. Er klang genau, wie ein Fünfjähriger in solch einer Situation klingt. „Ich bin auch wirklich vorsichtig."

Cindy lächelte ihren Bruder an. „Du weißt nicht einmal, was das Wort bedeutet."

Neil schaute fragend. „Welches Wort?"

„‚Vorsichtig', du Dummkopf!" Cindy betrachtete das aufgewühlte Meer. Die Wellen waren nicht sehr hoch, aber die Art, wie sie gegen die großen, aufgetürmten Felsbrocken der Mole schlugen, rief ein unbehagliches Gefühl in ihr hervor. Es schien, als wollte die Brandung die Mole einreißen. Und der Leuchtturm, der dunkel und stumm am Ende der Mole aufragte, machte sie ebenfalls nervös. Das ging ihr so, seit sie nach Spring City gezogen waren, vor etwa zwei Monaten. Der Leuchtturm sah irgendwie unheimlich aus.

„Darf ich, bitte?", fragte Neil wieder.

Cindy seufzte. „Na gut. Aber bleib in der Mitte und pass auf, wohin du trittst. Ich will nicht, dass du ins Wasser fällst."

Neil machte einen Luftsprung. „Cool! Kommst du mit?"

Cindy ging ein Stück zur Seite. „Nein. Ich setze mich hier hin und schaue dir zu. Aber wenn ein Hai auftaucht und dich mitnimmt, dann schwimme ich dir nicht hinterher."

Neil hörte auf herumzuhüpfen. „Fressen Haie kleine Jungen?"

„Nur wenn gerade keine kleinen Mädchen da sind, die sie fressen könnten."

Als Cindy Neils verwirrten Gesichtsausdruck sah, musste sie lachen. Sie setzte sich auf einen großen Felsbrocken. „Das war nur ein Witz. Schnell jetzt, mach deinen Spaziergang auf der Mole. Dann gehen wir nach Hause. In ein paar Minuten wird es dunkel."

„O.K.", sagte er. Er tanzte davon und sprach mit sich selbst: „Hüte dich vor Stolperfüßen und Haifischmädchen!"

„Sei bloß vorsichtig", sagte Cindy leise, als Neil so weit weg war, dass er sie mit Sicherheit nicht mehr hören konnte. Sie fragte sich, warum die Angst, die sie in dieser Stadt verspürte, ihrem Bruder völlig fremd war. Seit ihre Mutter mit ihnen vor acht Wochen zurück in das alte Haus ihres Vaters gezogen war, schien Neil so richtig glücklich zu sein. Er erinnerte sie manchmal an eine dieser lächelnden Jakobsmuscheln, die er gelegentlich vom Strand mit nach Hause brachte.

Aber Cindy wusste genau, dass die Stadt gefährlich war. Hier in Spring City waren die Nächte ein wenig zu dunkel, und der Mond war ein wenig zu groß. Manchmal hörte sie mitten in der Nacht seltsame, fremde Geräusche: das Schlagen lediger Flügel hoch oben am Himmel, erstickte Schreie, die aus der Erde zu dringen schienen. Vielleicht bildete sie sich dies alles nur ein, sie war sich nicht ganz sicher. Sie wünschte nur, ihr Vater wäre noch am Leben und sie könnten wie früher ihre gemeinsamen, vertrauten Spaziergänge machen. Sie vermisste ihn mehr, als sie sagen konnte.

Noch immer unternahm sie spät am Abend ihre Spaziergänge.

Besonders gern ging sie am Meer entlang. Es schien sie wie magisch anzuziehen. Sogar der unheimliche Leuchtturm schien sie zu rufen.

Während sie Neil beobachtete, der gerade einen großen Felsbrocken erkletterte, sang Cindy ein Lied, das ihr Vater sie gelehrt hatte. Es war eigentlich mehr ein altes Gedicht, das sie sang. Der Text war nicht erfreulich, aber aus irgendeinem Grund kam er Cindy gerade jetzt in den Sinn.

Das Meer ist eine Dame.
Sie ist zu allen freundlich.
Aber wenn du ihre schlechten Stimmungen
und Launen vergisst,
ihre kalten Wellen, ihre Wasserwände,
dann wirst du fallen
in ein kaltes Grab,
wo du den Fischen als Futter dienst.

Das Meer ist eine Prinzessin.
Sie ist immer schön.
Aber wenn du zu tief tauchst

in den Abgrund, wo der Oktopus wohnt,
dann wirst du verzweifeln
in einem kalten Grab,
wo die Haie dich zerfleischen.

„Mein Vater war nicht unbedingt ein großer Dichter",
murmelte Cindy, als sie das Lied beendet hatte. Natürlich wusste sie, dass es nicht von ihm selbst stamm-
te. Irgendjemand hatte es ihm beigebracht. Sie hatte
aber keine Ahnung, wer das gewesen sein könnte.
Vielleicht seine Eltern, mit denen er in Springfield gelebt hatte, als er fünf Jahre alt war.

Cindy fragte sich, ob er jemals zum Leuchtturm hinausgegangen war.

Ganz plötzlich, ohne Vorwarnung, begann die Spitze des Turms zu leuchten.

„Bitte nicht", flüsterte Cindy. Jeder wusste, dass der
Leuchtturm verlassen war. Er war ein Bauwerk voller
Staub und Spinnweben. Seit sie nach Spring City ge-
zogen waren, war aus seinen Fenstern niemals ein
Lichtschein gefallen. Ihre Mutter hatte gesagt, dass die
Lichter seit Jahrzehnten nicht mehr angeschaltet wor-
den waren.

Doch während sie noch schaute, stach ein mächtiger
weißer Lichtstrahl aus der Spitze des Leuchtturms. Er
war auf das Meer gerichtet. Suchend fuhr er über die
Wasserfläche, wie ein Energiestrahl aus einem außer-

irdischen Raumschiff. Dort, wo der Lichtstrahl auf-
traf, schäumte das Wasser so heftig, als ob es kochen
würde. Dampf schien von dem kalten Wasser aufzu-
steigen. Für einen Augenblick glaubte sie unter der
Oberfläche etwas erkannt zu haben. Ein Schiffswrack
vielleicht, das an einem scharfen Riff zerschellt und
im Laufe der Jahre ganz zugewachsen war.

Dann vollführte das Licht plötzlich eine halbkreis-
förmige Bewegung und leuchtete zum Strand. Es kon-
zentrierte sich auf die Mole, wo es scheinbar suchend
umherwanderte.

Cindy beobachtete entsetzt, wie das Licht auf ihren
Bruder zukroch.

Er war schon ein ganzes Stück auf die Mole hinaus-
gelaufen, den Blick immer fest auf die Füße gerichtet.

„Neil!", schrie sie.

Er schaute genau in dem Augenblick auf, als das
Licht auf ihn fiel. Es war, als ob ihn etwas ... Körper-
liches gepackt hätte. Ein paar Sekunden lang standen
seine kurzen braunen Haare kerzengerade hoch.
Dann hoben sich seine Füße von dem Felsblock, auf
dem er gestanden war. Das Licht war so hell, dass es
blendete. Aber Cindy war sich sicher, dass sie ganz
deutlich sah, wie zwei hässliche Hände aus dem Licht
auftauchten und sich nach Neil ausstreckten. Ein zwei-
ter Schrei kam aus ihrer Kehle, als sie sah, wie die
Hände ihn mit festem Griff packten.

„Lauf weg, Neil!", schrie sie.

Cindy rannte zu ihrem Bruder. Aber das Licht war schneller. Noch bevor sie die Mole erreicht hatte, war Neil in die Luft gehoben worden. Ein paar Sekunden schien er über den Felsen und der Brandung zu schweben. Ein böser Wind zerrte an seinen Haaren und in seinen Augen stand das blanke Entsetzen.

„Neil!", rief Cindy immer wieder und sprang von Felsblock zu Felsblock ohne darauf zu achten, wohin sie trat. Aber da passierte ihr das Missgeschick. Sie war fast auf Armeslänge an ihren Bruder herangekommen, als sie auf ein Stück nassen Tang trat. Sie rutschte aus und fiel hin. Schmerz durchströmte ihr rechtes Bein. Die Haut auf dem Knie war tief aufgeschürft.

„Cindy!", rief ihr Bruder jetzt. Aber seine Stimme klang seltsam fremd, wie das Rufen einer verlorenen Seele, die in einen tiefen Brunnen stürzt. Cindy musste hilflos zusehen, wie ihr Bruder hinaus über das Wasser, weg von der Mole getragen wurde. Er wurde hochgehoben und unter seinen Füßen schäumten die Wellen und der Wind heulte.

Doch das war kein natürlicher Wind. Er heulte, als wäre er lebendig. Vielleicht rief er hungrig nach denen, die noch am Leben waren. Das Heulen schien direkt aus dem Licht zu kommen. Es hatte einen seltsamen Unterton von grausigem Humor, ein boshaftes

Kichern. Es hatte ihren Bruder. Es hatte, was es wollte.

„Neil!", flüsterte Cindy verzweifelt.

Er versuchte ihr etwas zu sagen, vielleicht noch einmal ihren Namen zu rufen.

Aber er brachte kein Wort heraus.

Plötzlich bewegte sich der Lichtstrahl wieder.

Er zog ihren Bruder weiter über das Meer hinaus. Weit hinaus über die raue See. Ein paar Sekunden konnte Cindy ihn noch sehen, ein zappelnder Schatten im Schein des kalten Lichts. Aber dann schwenkte der Lichtstrahl noch oben, zum Himmel – und erlosch.

Einfach so, wie es gekommen war, verschwand das Licht wieder.

Und es nahm ihren Bruder mit sich fort.

„Neil!", schrie Cindy.

Aber der Wind heulte weiter. Und ihr Schrei verlor sich über dem grausamen Meer. Niemand hörte sie. Niemand kam ihr zu Hilfe.

2

Zwei Tage, nachdem Cindy Makeys Bruder von dem heulenden Geist entführt worden war, saßen Adam Freeman und Sally Wilcox mit ihrem Freund Watch beim Frühstück. Frühstück bedeutete für sie Doughnuts und Milch in der Bäckerei. Sally trank Kaffee statt Milch, weil, wie sie behauptete, das Koffein ihre Nerven beruhigte.

„Was ist los mit deinen Nerven?", fragte Adam und kaute einen Marmeladendoughnut.

„Wenn du schon so lange wie ich hier gelebt hättest, dann würdest du so eine Frage nicht mehr stellen müssen", antwortete Sally und nippte an ihrem Kaffee. Sie deutete auf die Doughnuts. „Es ist ratsamer die Sorte ohne Füllung zu essen."

„Warum?", fragte Adam.

„Weil du nie genau weißt, woraus die Füllung besteht", sagte Sally.

„Das hier ist ganz gewöhnliche Marmelade", protestierte Adam, trotzdem hatte er aufgehört zu essen.

Sally sprach mit ernster Stimme.

„Ja, aber woher stammt die Marmelade? Warst du im Hinterzimmer? Hast du die Vorräte gesehen? Man kann Marmelade aus Erdbeeren und Himbeeren machen oder eine sehr ähnliche Substanz aus püriertem Gehirn herstellen."

Adam legte seinen Doughnut weg. „Das glaube ich nicht."

„In dieser Stadt ist es nicht immer klug zu viel nachzudenken", sagte Sally. „Manchmal musst du einfach deinem Bauch vertrauen." Sie roch an dem Doughnut. „Oder deiner Nase. Ich finde, er riecht gut. Iss weiter, Adam, nimm noch einen Bissen."

Adam nippte an seiner Milch. „Ich bin schon satt."

„Kann ich ihn aufessen?", fragte Watch. „Ich bin nicht heikel."

„Klar", sagte Adam und schob den Doughnut hinüber zu Watch. „Jetzt habe ich ganz vergessen, worüber wir vor ein paar Sekunden gesprochen haben."

„Entführung durch Außerirdische", sagte Watch, nahm einen großen Bissen und leckte die Marmelade ab, die über seine Finger heruntertropfte. „So etwas geschieht überall. Raumschiffe kommen von anderen Planeten, ergreifen Menschen und nehmen sie zu Untersuchungen mit ins Weltall. Es wundert mich, dass noch keiner von uns entführt wurde. Ich glaube, wir wären sehr interessante Objekte."

„Ich glaube nicht an fliegende Untertassen", sagte Adam.

Sally schnaubte verächtlich. „Genauso wie du noch vor einem Monat nicht an Hexen geglaubt hast."

128

„Hast du schon einmal eine fliegende Untertasse gesehen?", fragte Adam, obwohl er genau wusste, wie Sallys Antwort lauten würde.

„Natürlich", sagte sie. „Lange bevor du hierher gezogen bist, habe ich eine beim Wasserspeicher herunterkommen sehen. Der alte Mr. Farmer war gerade mit seinem Boot draußen beim Angeln."

„Moment", wurde sie von Adam unterbrochen. „Das verstehe ich nicht ganz. Ich dachte, es gibt keine Fische im Speichersee. Du hast gesagt, sie hätten sich alle ans Ufer geworfen, weil sie es nicht ertrugen in diesem Wasser zu leben."

„Ich sagte, er war beim Angeln", erklärte Sally. „Ich habe nicht gesagt, dass er Fische gefangen hat. Wie auch immer, das Raumschiff senkte sich herab, schwebte über ihm und sandte diese intensiven Schwingungen aus. Bevor ich mich's versah, wurde Farmers Gesicht immer länger und seine Augen traten aus dem Kopf hervor. Es dauerte zehn Sekunden und schon sah er aus wie ein Außerirdischer."

„Und dann?", fragte Adam.

Sally zuckte lässig mit den Schultern. „Das Raumschiff flog weg und er angelte weiter. Ich glaube, er hat an diesem Tag sogar noch etwas gefangen. Ich weiß allerdings nicht, ob es essbar war."

„Aber sah Mr. Farmer weiterhin wie ein Außerirdischer aus?", fragte Adam etwas gereizt.

„Es handelte sich nicht um eine dauerhafte Deformation", sagte Sally.

„Aber sein Kinn sieht noch immer irgendwie spitz aus", fügte Watch hinzu.

Adam schüttelte den Kopf. „Ich glaube kein Wort davon."

„Wirf doch einmal einen Blick nach hinten", sagte Sally. „Der alte Mr. Farmer arbeitet hier. Wahrscheinlich hat er den Doughnut gebacken, den du vorhin gegessen hast."

Wie so oft, wenn Adam mit seinen Freunden zusammen war, musste er darum kämpfen mit ihnen mitzuhalten. Wenn er auf dem geheimen Pfad durch den Grabstein nicht beinahe in einen Kessel mit kochendem Wasser geworfen worden wäre, dann würde er kein Wort dieser neuen Geschichte glauben. Aber seit neuestem ließ er sozusagen im Geist immer ein Türchen offen, falls das, was sie erzählten, doch wahr sein sollte.

„Was mich wirklich interessiert", sagte Adam, „ist, warum Spook City so unheimlich ist? Was ist mit diesem Ort los? Warum ist er anders als andere Orte?"

Watch nickte. „Das ist genau die Frage. Seit ich hierher gezogen bin, versuche ich die Antwort darauf zu finden. Aber eins kann ich dir versichern. Bum kennt die Antwort und ich wette, Ann Templeton kennt sie auch."

„Aber Bum verrät sie uns nicht?", fragte Adam.

„Nein", sagte Watch. „Er meinte, dass ich die Antwort selbst finden müsse und dass ich vermutlich schon vom Antlitz der Erde verschwunden sein werde, bevor ich sie finden werde." Er zögerte. „Vielleicht möchtest du dich ja einmal mit Ann Templeton darüber unterhalten. Ich habe gehört, ihr seid gute Freunde."

„Wer hat denn das gesagt?", fragte Adam.

Watch zeigte auf Sally. „Das war sie."

„Ich habe gesagt, er ist in die Hexe verliebt," erklärte Sally. „Ich habe nicht gesagt, dass sie Freunde sind."

„Ich bin nicht in sie verliebt!", fuhr Adam sie an.

„Nun, in mich mit Sicherheit auch nicht!", keifte Sally zurück.

Adam kratzte sich am Kopf. „Wie sind wir von der Frage, was Spook City so unheimlich macht, zu meinem Privatleben gekommen?"

„Was für ein Privatleben?", fragte Sally, die leicht verärgert war. „Du hast kein Privatleben. Du hast nicht einmal eine Freundin."

„Ich bin zwölf Jahre alt", sagte Adam. „Ich muss noch keine Freundin haben."

„Das stimmt", sagte Sally. „Warte damit, bis du achtzehn bist. Lass dein ganzes Leben verstreichen. Wirf deine besten Jahre weg. Mir ist das egal. Ich lebe in der Gegenwart. Das ist die einzige Möglichkeit, wie man in dieser Stadt leben kann. Denn morgen bist du vielleicht schon tot. Oder noch schlimmer."

Watch tätschelte beruhigend Sallys Rücken. „Ich glaube, du brauchst noch einen Doughnut."

Sally sah noch immer Adam an und murmelte: „Doughnuts können meine Probleme nicht lösen." Trotzdem biss sie in den Schokoladendoughnut, den Watch ihr anbot. Ein Lächeln erschien auf ihrem Gesicht. „Ah! Zucker und Schokolade. Besser als Liebe. Die sind immer für dich da."

Adam schaute zur Seite und murmelte: „Du solltest immer eine Tafel Schokolade bei dir haben. Ganz egal, wo du dich aufhältst."

„Das habe ich gehört", sagte Sally. Sie kaute noch immer an ihrem Doughnut, der vielleicht doch auch mit einem Klacks Marmelade gefüllt war. Lässig griff sie nach hinten und holte die Zeitung vom Nachbartisch. Einen kurzen Moment studierte sie die neuesten Nachrichten.

„Nein", sagte Sally und las weiter. „Die Polizei sagt, die Flut habe den Jungen hinausgezogen. Idioten."

„Es klingt aber logisch", sagte Adam, obwohl er wusste, dass Sally ihn deswegen wieder anschreien würde. Sally schnaubte und schob die Zeitung weg.

„Du verstehst nichts", stellte sie fest. „Sie haben den Körper bisher nicht gefunden, weil der Junge nicht ertrunken ist. Die Schwester des Kleinen sagte die

Wahrheit. Ein Geist hat das Kind entführt. Watch, erkläre du doch Adam, dass solche Dinge passieren. Das ist die Realität."

Watch zeigte keinerlei Interesse. „Wie ich bereits gesagt habe: Es macht keinen Unterschied mehr, ob ein Geist oder eine Welle den Jungen geholt hat. Inzwischen ist er auf alle Fälle tot."

Sally war wütend. „Für dich ist er also ganz einfach eine weitere Zahl in der Spook-City-Statistik? Wie kannst du nur so kaltherzig sein? Was ist, wenn er noch lebt?"

Watch zwinkerte ihr zu. „Das wäre schön."

„Nein! Wenn er lebt und Hilfe braucht? Wir sind die Einzigen, die ihn retten könnten."

„Wirklich?", fragte Watch.

„Natürlich", sagte Sally. „Ich glaube diesem Mädchen. Ich glaube an Geister."

„Ich nicht", sagte Adam.

Sally starrte ihn wütend an. „Du hast bloß Angst vor ihnen. Deshalb bist du bereit diesen armen Jungen einem Leben in Qualen zu überlassen. Wirklich Adam, ich bin sehr enttäuscht von dir."

Adam spürte, dass er Kopfschmerzen bekam. „Ich habe nichts gegen dieses Kind. Aber wenn die Polizei den Jungen nicht gefunden hat, dann glaube ich kaum, dass ausgerechnet wir ihn finden werden."

Sally stand auf. „Wunderbar. Aufgeben ohne einen

einzigen Versuch unternommen zu haben. Das nächste Mal, wenn eine Hexe oder ein Außerirdischer dich entführt, dann bestelle ich mir seelenruhig eine Tasse Kaffee und einen Marmeladendoughnut und erzähle allen Leuten im Lokal, dass Adam ein netter Kerl war und dass ich ihn wirklich gern hatte, aber wenn er weg ist, ist er eben weg und ich kann mich leider nicht weiter um die Angelegenheit kümmern." Sie verstummte, bis sie wieder zu Atem gekommen war. „Nun?"

„Was nun?", fragte Adam.

Sally stützte die Hände auf die Hüften. „Hilfst du mir jetzt oder nicht?"

Adam schaute Watch an. Dieser hatte die Zeitung genommen und las den Artikel. „Helfen wir ihr oder nicht?", fragte Adam seinen Freund.

Watch warf einen Blick auf seine Uhren, auf alle vier, zwei an jedem Arm. „Eigentlich haben wir heute Nachmittag nichts Besonderes vor." Er fügte hinzu. „Ich kenne Cindy Makey. Sie ist süß."

Adam wandte sich wieder Sally zu. „Wir helfen dir."

Wutschnaubend drehte sich Sally um. „Ihr Jungs seid wirklich zu altruistisch."

Adam schaute Watch fragend an, als er aufstand um Sally zu folgen. „Was bedeutet altruistisch?", flüsterte er Watch zu.

„Sagen wir einfach, dieses Wort trifft auf uns nicht zu", flüsterte Watch zurück.

3

Cindy saß auf der Veranda auf einer Schaukel. Sie schwang langsam hin und her. Adam spürte einen Stich in der Brust – ihr Gesicht sah so traurig aus. Sie hörte sie nicht einmal kommen, so sehr schien sie in ihrer eigenen Welt versunken zu sein. In einer Welt, in der ihr kleiner Bruder nicht mehr da war. In diesem Moment hätte Adam alles gegeben, um das vermisste Kind wieder zu finden. Aber dann dachte Adam daran, was Watch gesagt hatte. Wahrscheinlich gab es keine Hoffnung mehr.

„Hallo", sagte Sally, als sie zu dem Mädchen auf die Veranda trat. „Bist du Cindy Makey?"

Watch hatte Recht. Cindy war hübsch. Sie hatte lange blonde Haare, die ihr fast bis zur Taille reichten. Sie hatte große blaue Augen, die Adam an den Himmel kurz vor Sonnenaufgang erinnerten. Aber ihre Augen waren gerötet. Sie hatte geweint, bevor Sally, Adam und Watch gekommen waren.

„Ja", sagte Cindy leise.

Sally trat vor und streckte ihr die Hand hin. „Hi, ich bin Sally Wilcox und das sind Adam Freeman und Watch. Wir schauen vielleicht auf den ersten Blick nicht so aus, aber wir sind intelligente und sehr einfallsreiche Individuen. Und was das Beste ist, wir haben schon ziemlich viel geheimnisvolle und unheimliche Dinge mitgemacht. Wir glauben an beinahe alles, auch an deinen Geist." Sally machte eine Pause, um Atem zu holen. „Wir sind hier, um dir zu helfen deinen Bruder zurückzuholen."

Cindy brauchte einen Augenblick, um das alles zu verarbeiten, was Sally eben gesagt hatte. Sie deutete auf eine Schaukel.

„Wollt ihr euch setzen?", fragte sie leise. „Habt ihr Durst? Wollt ihr eine Limonade?"

„Wir nehmen nie eine Erfrischung zu uns, bevor die Arbeit erledigt ist", sagte Sally und setzte sich hin.

„Ich hätte gern eine Limonade", sagte Adam und nahm neben Sally Platz.

„Adam", wies Sally ihn zurecht. „Wir sind hier, um Cindy zu helfen, nicht um sie zu berauben."

Adam zuckte mit den Schultern. „Ich habe aber Durst."

„Und ich auch", fügte Watch hinzu. „Hast du eine Cola?"

Cindy stand auf. „Wir haben Cola und Limonade. Ich bin gleich wieder da. Willst du wirklich nichts, Sally?"

Sally überlegte. „Nun, wo du davon sprichst. Hast du Ingwerbier? Am liebsten mag ich Canada Dry, die grünen Dosen. Gekühlt, aber nicht zu kalt."

Cindy nickte. „Okay. Ich schaue nach." Sie verschwand im Haus.

Adam sprach Watch an, der stehen geblieben war und zum Meer hinüber starrte.

„Was siehst du?", fragte Adam.

„Den Leuchtturm. Man kann ihn von hier aus sehen."

Watch hatte Recht. Von der Hausecke aus war der Leuchtturm gerade noch zu erkennen. Ein hoher Pfeiler, weiß verputzt. Beim ersten Anblick des Gebäudes überlief Adam ein Schauder, obwohl er nicht sagen konnte, weshalb. Er hatte noch nie zuvor einen Leuchtturm gesehen. Es war schwierig für ihn einen normalen Leuchtturm von einem verhexten zu unterscheiden. Der Turm war höchstens vierhundert Meter entfernt.

„Er ist hoch", war alles, was Adam einfiel.

„Er ist alt", sagte Watch und setzte sich endlich hin. „Er wurde erbaut, bevor es Elektrizität gab. Ich habe gehört, dass man oben im Turm Öllampen entzündete, deren Licht auf das Meer leuchtete. Es sollte die Schiffe davor warnen zu nahe an die Felsen heranzufahren."

„Ich habe gehört, dass man Menschen verbrannte", sagte Sally.

„Menschen brennen nicht so gut", erwiderte Watch völlig sachlich. „Bum hat mir einmal erzählt, dass dies der erste Leuchtturm war, der in Amerika gebaut wurde. Kaum vorstellbar, dass er schon so alt ist."

„Aber später wurde er doch an das Stromnetz angeschlossen?", wollte Adam wissen.

„Klar", sagte Watch. „Die Gewässer um Spook City sind tückisch. Sogar moderne Schiffe müssen sehr vorsichtig fahren. Aber der Leuchtturm wurde schon stillgelegt, bevor ich geboren wurde. Ich weiß nicht, warum. Heutzutage kommen keine großen Schiffe mehr an diesem Küstenstrich vorbei. Das letzte war ein japanisches Transportschiff mit ein paar hundert Toyotas an Bord. Es sank draußen bei der Mole. Eine Zeit lang konnte man sich am Strand unten Camrys und Corollas in jeder gewünschten Farbe aussuchen. Monatelang wurden Autos angespült."

„Sie rochen alle ziemlich fischig", sagte Sally.

„Aber gegen den Preis konnte man nichts sagen", fügte Watch hinzu.

„Ich würde nie mit einem Jungen ausgehen, in dessen Auto die Sitze nach Fisch riechen", meinte Sally.

„Es muss einen Grund dafür geben, dass der Leuchtturm stillgelegt wurde", sagte Adam.

„Wahrscheinlich, weil es darin spukte", sagte Sally. „Das ist der einzig logische Grund."

„Aber warum spukt es?", fragte Adam. „Das ist die Frage, die mich interessiert."

Auf Sallys Gesicht erschien ein verwunderter Aus-

138

druck. „Aber Adam, du klingst allmählich, als wärst du hier geboren. Glückwunsch. Von jetzt ab muss ich dich nur noch halb so viel anschreien."

„Ich weiß gar nicht, warum du mich die ganze Zeit anbrüllst", sagte Adam. Er warf einen Blick in die Richtung, in der Cindy verschwunden war. „Sie sieht so traurig aus."

Watch nickte. „Wie eine zertretene Blume."

„Wie eine zerdrückte Rose", stimmte ihm Adam zu, der eine poetische Stimmung verspürte.

„Moment mal", beschwerte sich Sally. „Ihr Jungs wollt euch doch wohl nicht in sie verlieben, oder?"

„Liebe ist ein Gefühl, das ich nur aus Lehrbüchern kenne", sagte Watch.

„Ich habe sie gerade zum ersten Mal getroffen", sagte Adam. „Ich kenne sie noch gar nicht."

„Aber als du mich zum ersten Mal getroffen hattest, mochtest du mich sofort. Stimmt doch?", fragte Sally.

Adam zuckte mit den Schultern. „Ich glaube schon."

Sally schaute plötzlich besorgt und leicht verärgert drein. „Flirtet ja nicht in meiner Anwesenheit mit ihr, hört ihr?"

„Nein, nein. Wir warten ab und tun es dann hinter deinem Rücken", sagte Watch taktvoll.

Eine Minute später kam Cindy zurück. Sie brachte zwei große Gläser mit Cola und eine Limonade. Sie bot Sally ein Glas Cola an und entschuldigte sich dafür, dass kein Ingwerbier da war.

„Macht nichts. Das Koffein kann ich auch gut brauchen", sagte Sally und schnüffelte vorsichtshalber kurz an ihrem Glas, bevor sie ein Schlückchen trank.

Adam stürzte seine Limonade hinunter. „Ah", sagte er zwischen zwei Zügen. „Es geht nichts über eine Limonade an einem heißen Tag."

„Vor ein paar Tagen war es noch kalt", bemerkte Cindy und setzte sich hin.

Adam stellte sein Glas ab und sagte sanft: „Es war kalt, als dein Bruder verschwand?"

Cindy nickte. „Ja, ein starker Wind blies. Er peitschte über das Wasser und wirbelte die Wellen auf." Sie schwieg und schüttelte den Kopf. „Wir hätten nicht so spät zur Mole gehen dürfen."

„Zu welcher Tageszeit war das?", fragte Sally.

„Sonnenuntergang", sagte Cindy. „Aber man konnte die Sonne wegen der grauen Wolken nicht sehen."

„Seid ihr beide auf die Mole hinausgegangen?", fragte Adam.

„Nein", sagte Cindy. „Neil war allein. Das heißt, ich konnte ihn von meinem Platz aus sehen. Ich hatte mich auf einen Felsbrocken gesetzt. Neil war früher schon oft allein auf der Mole. Er war immer sehr vorsichtig und passte auf, wohin er trat. Er ist auch nie zu weit hinausgegangen. Aber dieses eine Mal ..." Cindys

Stimme versagte und sie senkte den Kopf. Einen Moment sah es so aus, als würde sie zu weinen beginnen. Doch sie weinte nicht. Sie führte auch ihren Satz nicht zu Ende.

„Aber dieses eine Mal hat ihn ein Geist gepackt?", sagte Sally.

Cindy atmete tief durch. „Ich glaube, so war es."

„Aber du bist dir nicht ganz sicher?", fragte Adam freundlich.

Cindy schüttelte den Kopf. „Alles ging so schnell. Etwas kam und packte ihn. Ich weiß nicht, was es war."

„Bist du dir ganz sicher, dass er nicht einfach ins Wasser gefallen ist?", fragte Watch.

Cindy hob den Kopf „Er ist nicht ins Wasser gefallen und er ist nicht ertrunken. Ich habe das der Polizei gesagt und ich habe das meiner Mutter gesagt – aber niemand glaubt mir." Sie verstummte und schaute jeden Einzelnen ernst an. „Glaubt ihr mir?"

„Wir haben dir bereits gesagt, dass wir dir glauben", sagte Sally und hinderte Watch mit einem Blick am Reden. „Wir müssen nur sicher sein, dass die Fakten genau stimmen. Wenn man mit Geistern zu tun hat, muss man sehr vorsichtig sein. Kannst du uns den Geist beschreiben?"

„Neil lief die Mole entlang, da schoss plötzlich ein Lichtstrahl aus der Spitze des Leuchtturms. Das Licht war blendend hell und es schien nach Neil zu suchen. Als der Strahl ihn erfasst hatte, tauchten alte Hände aus dem Licht und packten ihn. Ich weiß genau, dass er in die Luft gehoben wurde, bevor das Licht erlosch und er verschwand. Ich sah, wie er über dem Wasser schwebte und über den Felsen."

„Hast du das der Polizei erzählt?", fragte Adam.

„Ja", sagte Cindy. „Genauso ist es passiert."

„Hat die Polizei den Leuchtturm untersucht?", fragte Watch.

„Das weiß ich nicht", sagte Cindy. „Ich habe den Polizisten gesagt, sie sollten es tun, aber sie meinten nur, der Leuchtturm wäre mit Brettern vernagelt. Von dort könne kein Licht durchscheinen. Als sie meine Geschichte gehört hatten, waren sie davon überzeugt, dass mein Bruder ins Wasser gefallen und hinaus ins Meer gespült worden war. Sie meinten, ich stünde unter Schock und würde phantasieren."

„Eine typisch autoritäre Antwort", sagte Sally.

„Da war noch etwas", sagte Cindy. „Als die Hände aus dem Licht kamen und Neil packten, heulte der Wind. Aber es war ein unheimlicher Ton. Es klang wie das Lachen eines bösen Monsters."

„War es ein männliches oder ein weibliches Monster?", fragte Adam.

„Das ist eine äußerst eigenartige Frage", bemerkte Sally.

„Das finde ich nicht." Watch war anderer Meinung. „Ich persönlich hätte es lieber mit einem männlichen Monster zu tun."

„Mir geht es ganz genauso", murmelte Adam.

Cindy überlegte. „Ich glaube, es war ein weibliches Monster."

„Wir sollten nicht von einem Monster sprechen", unterbrach Sally. „Das klingt alles mehr nach einem Geist." Sie berührte Cindys Knie. „Wir bringen dir deinen Bruder zurück. Ganz egal, was passiert."

„Wir *versuchen* ihn zurückzubringen", verbesserte Adam.

„Solange wir nicht unser eigenes Leben riskieren müssen", fügte Watch hinzu.

Cindys Unterlippe zitterte und ihre Augen waren feucht. „Ich danke euch – euch allen. Ihr könnt euch nicht vorstellen, was es für mich bedeutet, dass mir jemand glaubt. Ich weiß, dass er lebt. Ich spüre es." Cindy unterbrach sich. „Die Frage ist aber: Was machen wir jetzt?"

Adam stellte sich hin und sagte mutiger, als er es selbst erwartet hätte: „Das ist doch klar. Wir brechen in den Leuchtturm ein."

4

Der Weg zum Leuchtturm war beschwerlich. Zum einen lag er am Ende der Mole, zum anderen war die schmale Holzbrücke, die von den aufgehäuften Steinbrocken zum Turm hinüberführte, morsch und brüchig. Adam warf einen kurzen Blick darauf und wünschte, er hätte seine Badehose mitgenommen. Die Brücke sah aus, als würde sie einstürzen, sobald er darauf trat.

Glücklicherweise war das Meer ruhig. Die Wellen, die gegen die Mole schlugen, waren nur etwa dreißig Zentimeter hoch. Adam ging davon aus, dass er ohne Schwierigkeiten wieder herauskommen konnte, falls er ins Meer fallen sollte.

Aber da fing Sally wieder mit einer ihrer Gruselgeschichten aus Spook City an.

„Hier ganz in der Nähe hat Jaws sein Bein verloren", sagte Sally, als sie auf das Wasser schauten, das sie vom Leuchtturm trennte.

„Wer?", fragte Adam und bereute es im selben Moment.

„David Green", sagte Sally. „Ich habe dir von ihm erzählt. Er war mit seinem Surfbrett draußen. Da kam ein großer weißer Hai und biss ihm das rechte Bein ab. Ich glaube sogar, es war fast genau hier, an dieser Stelle."

„Ich dachte immer, er wäre ganz in der Nähe des Strands angegriffen worden", sagte Adam und schaute dorthin zurück, wo sie hergekommen waren. Von Felsen zu Felsen zum Ende der Mole zu springen war nicht weiter schwierig gewesen. Aber sie waren doch ziemlich weit von der Küste entfernt. Bei hohem Wellengang wäre Adam nicht gern auf der Mole draußen gewesen. Dann würden die Wellen direkt über sie hereinbrechen.

„Ich kann mich nicht an jede Einzelheit erinnern", erwiderte Sally. „Aber ich kann dir mit Sicherheit sagen: Wenn du hier ins Wasser gehst, dann fehlt dir mindestens ein Körperteil, wenn du wieder an Land kommst."

Adam wandte sich an Watch. „Die Brücke sieht aus, als würde sie jeden Moment einstürzen. Ich weiß nicht, ob wir es riskieren sollen."

„Die Mädchen sind leichter", meinte Watch. „Wir sollten zuerst eine von ihnen hinüberschicken, um zu testen, ob sie noch hält."

„Watch!", kreischte Sally. „Wie kannst du nur? Du elender Feigling!"

„Ich habe lediglich einen logischen Vorschlag gemacht", sagte Watch.

„Ich gehe als Erste", sagte Cindy leise. „Falls mein

145

Bruder im Leuchtturm ist, sollte ich es sein, die das größte Risiko eingeht."

Sally klopfte ihr auf die Schulter. „So eine treue Schwester wie dich hätte ich auch gern."

Adam trat zwischen die beiden. „Einen Augenblick. Das ist nicht gut. Ein Junge sollte als Erster gehen."

„Hast du vergessen, dass nur zwei Jungen hier sind?", fragte Watch.

„Warum verhältst du dich eigentlich wie ein Feigling?", fragte Adam. „Das sieht dir doch gar nicht ähnlich."

Watch zuckte mit den Schultern. „Ich will Cindys Gefühle nicht verletzen, aber ich glaube, die Chancen, dass ihr Bruder im Leuchtturm sitzt, sind ziemlich lausig. Und aus diesem Grund will ich weder einen Arm noch ein Bein verlieren." Er schaute Cindy an, die bei seinen Worten den Kopf gesenkt hatte. „Aber wenn ihr alle es versuchen wollt, dann gehe ich als Erster."

Watch ging einen Schritt auf die wackelige Brücke zu. Adam hielt ihn auf.

„Ich bin leichter als du", sagte Adam. „Ich gehe zuerst."

Watch blickte hinunter auf das blaue Wasser. Seit ihrer Ankunft schien es unruhiger geworden zu sein. Es schäumte stärker. „In Ordnung", sagte Watch. „Aber falls die Brücke einstürzt, schau zu, dass du so schnell wie möglich aus dem Wasser kommst."

146

Adam nickte. Das Herz klopfte heftig in seiner Brust. Er wollte gerade den ersten Schritt auf die Brücke wagen, als eine Hand seinen Arm berührte. Es war Cindy. Ihr Gesicht drückte blankes Entsetzen aus. Zum zweiten Mal an diesem Tag dachte Adam, wie schön ihre blauen Augen waren und wie hell die Sonne in ihrem blonden Haar leuchtete.

„Sei vorsichtig, Adam", flüsterte Cindy.

Adam lächelte. „Ich bin Gefahren gewöhnt. Das wirft mich nicht um."

„Jawohl", sagte Sally sarkastisch. „Mr. Kansas City hat seit frühester Kindheit mit großen weißen Haien gekämpft – im Swimmingpool hinter dem Haus."

Adam ignorierte Sally und wandte sich wieder der Brücke zu. Das Geländer war aus Seilen geknüpft und sah kein bisschen jünger aus als die Holzplanken der Laufläche. Er trat vorsichtig auf die erste Planke und stand nun über dem Wasser. Er musste sich zwingen nicht nach unten zu blicken. Das Wasser wirkte entsetzlich kalt und tief. Er bildete sich ein riesige Gestalten unter der Wasseroberfläche zu erkennen. Aber er wagte es nicht genauer hinzuschauen.

Adam machte den nächsten Schritt. Die Brücke knarrte unangenehm und sackte ein Stück unter ihm ab. Er belastete sie jetzt mit seinem ganzen Gewicht. Beim dritten Schritt sackte die Brücke noch weiter ab. Der Abstand vom Ende der Mole bis zu dem Steinhügel, auf dem der Leuchtturm stand, betrug nur etwa sechs Meter. Doch bei der Geschwindigkeit, mit der er sich vorwärts bewegte, würde er vielleicht erst am nächsten Morgen ankommen. Es kam ihm der Gedanke, dass, wenn er sich beeilte, die Brücke sein Gewicht vielleicht nicht so stark spüren würde. Es war eine mutige Idee, aber sie war ziemlich dumm.

Adam rannte los, er überquerte die Brücke.

Er war nur noch wenige Zentimeter von seinem Ziel entfernt, als die Brücke einstürzte.

Sie brach nicht nur an einer Stelle, sondern das ganze Ding stürzte zusammen. Im einen Augenblick rannte Adam, im nächsten schwamm er um sein Leben. Er schlug hart auf dem Wasser auf und versank. Der Augenblick war ungünstig, da er gerade Atem geholt hatte, als er unterging. Würgend tauchte er wieder auf. Er hörte die Schreie der anderen, aber er konnte ihnen nicht antworten. Das Salzwasser brannte ihm in den Augen. Er hustete und ruderte mit den Armen. Das Wasser war eiskalt!

„Schwimm!", rief Sally. „Ein Hai!"

Adam erlitt beinahe einen Herzschlag. An dem Tag, als er nach Spook City gezogen war, hatte ihn beinahe ein Baum verschlungen. Aber für Adam war die Vorstellung, von einem Hai gefressen zu werden, tausendmal schlimmer. Wie ein Wahnsinniger drehte er sich im Kreis, um herauszufinden, in welche Richtung er schwimmen musste. Er konnte nicht beurteilen, was näher war, die Mole oder der Leuchtturm, und in diesem Augenblick war ihm das auch gleichgültig. Er wollte nur aus dem Wasser heraus.

„Ich sehe keine Haie!", hörte er Cindy rufen.

„Man sieht sie erst, wenn es zu spät ist!", rief Sally zurück. „Adam, rette dich!"

Adam gelang es einen Blick zurück auf seine Freunde zu werfen. „Ist wirklich ein Hai hier in der Nähe?", keuchte er und strampelte im Wasser.

Watch schüttelte den Kopf. „Ich sehe keinen."

„Klar, du bist auch fast blind", sagte Adam.

„Ich sehe auch keinen", sagte Cindy.

„Das ist ein großes Meer und irgendwo sind Haie", sagte Sally ungeduldig. „Wenn du nicht machst, dass du aus dem Wasser kommst, wirst du mit Sicherheit sehr bald einem begegnen."

„O Mann", brummte Adam. Er hatte genug von Sallys Sprüchen. Er erkannte, dass er näher am Leuchtturm als an der Mole war, und beschloss zum Turm zu schwimmen. Wenige Sekunden später war er aus dem Wasser und stand zitternd vor der Tür des Leuchtturms. Jetzt wusste er auch, warum sich die Polizei nicht die Mühe gemacht hatte Cindys Geschichte zu überprüfen. Was von der Brücke noch übrig war, wurde gegen die Mole geschleudert und die Wellen spielten mit den Holzplanken. In gewisser Weise saß er in der Falle, wenn er nicht wieder ins Wasser zurück und einen von Sallys Haiangriffen abwarten wollte.

„Spürst du deine Beine?", rief Sally von der Mole herüber.

„Ja", rief Adam zurück. „Sie sind noch beide dran."

„Versuche die Tür zum Leuchtturm zu öffnen", sagte Watch. „Vielleicht findest du da drin ein Seil, das du uns zuwerfen kannst."

Die Tür war – welche Überraschung – verschlossen. Adam schaute sich nach einem großen Stein um, mit dem er das Schloss zerschlagen könnte. Er bezweifelte, dass der Geist des Leuchtturms ihn wegen Beschädigung fremden Eigentums verklagen würde.

Aber dies war Spook City. Er hätte vielleicht mehr überlegen sollen, bevor er handelte. Aber ihm war kalt und seine Kleider waren klatschnass. Er wollte nur hinein und sich abtrocknen. Also hob er einen Stein auf, so groß wie sein Kopf, und schmetterte ihn gegen den Türknauf. Dieser brach ab und die Tür schwang auf.

Drinnen war es dunkel. Es war sehr schlau von ihnen gewesen die Taschenlampen zu vergessen. Adam machte ein paar Schritte und spürte wieder, wie heftig sein Herz schlug. Ein modriger Geruch schlug ihm entgegen. Der Raum war seit langem verschlossen gewesen. Adams Schuhe hinterließen deutliche Abdrücke auf dem staubigen Holzboden. Wasser tropfte

150

aus seinen Kleidern und verwandelte den Staub in schmierigen Schmutz. Im Licht, das durch die Tür fiel, erkannte Adam eine Wendeltreppe, die zur Turmspitze hinaufführte. Das obere Stück verlor sich im Schatten. Die Treppe schien in einer unnatürlichen Dunkelheit zu verschwinden.

„Hallo!", rief er.

Hallo. Hallo. Hallo.

Das Echo warf das Wort zurück. Bei jeder Wiederholung wurde es stärker, unheimlicher.

Hollo. Hollo. Hollo.

Es klang wirklich, als rufe ein Geist.

Ollo. Ollo. Ollo.

Aber das war kein freundlicher Geist. Er hieß ihn nicht willkommen.

Ogo. Ogo. Ogo.

Adam zitterte beim Zuhören.

Auf der linken Seite entdeckte er einen kleinen Vorratsraum. Adam fand dort eine Schaufel, einen Schubkarren, ein paar Metallbehälter, die nach Kerosin rochen, und ein Seil. Überraschenderweise war das Seil ziemlich neu, es war in wesentlich besserem Zustand als die übrigen Gegenstände. Adam eilte hinaus und hielt es hoch, so dass die anderen es sehen konnten. Watch sprach auch für die Mädchen, als er fragte: „Willst du damit zurückkommen oder sollen wir zu dir hinüberkommen?"

Cindy trat vor. „Ich will den Leuchtturm durchsuchen", sagte sie. „Ich muss es einfach tun."

Sally betrachtete das Wasser unbehaglich.

„Wenn das Seil reißt, landen wir alle im Bauch eines Hais."

„Gibt es auf deiner Seite etwas, woran du das Seil sicher festbinden könntest?", fragte Watch.

Adam schaute zurück zur Wendeltreppe. Das Seil war sehr lang. Es würde bis hinüber reichen. „Ja", sagte er. „Könnt ihr es irgendwo an der Mole befestigen?"

Watch studierte die Felsbrocken. „Klar", sagte er. „Aber wir baumeln dann knapp über der Wasseroberfläche."

„Ich frage mich, wie hoch Haie aus dem Wasser springen können", murmelte Sally.

Adam warf Watch ein Ende des Seils zu. Dieser schlang es um einen schweren Felsbrocken. Noch bevor Watch damit fertig war, ging Adam zurück in den Turm und band sein Seilende an der Wendeltreppe fest. Er wusste, dass es lächerlich war, aber er glaubte noch immer das Echo seines Hallorufes zu hören. Es war nur noch ein schwaches Stöhnen.

Oooooh.

Adam ging wieder nach draußen. Watch hatte das Seil stramm gezogen und festgezurrt. Es spannte sich nur knapp einen Meter über dem Wasser. „Wer kommt als Erster?", rief Adam.

152

Cindy packte das Seil mit entschlossenem Griff. „Ich." Dann fragte sie: „Was soll ich machen?"

„Dreh dich mit dem Rücken zum Leuchtturm", erklärte ihr Watch. „Fasse das Seil fest mit beiden Händen und hangle dich hinaus. Sobald du über dem Wasser bist, schlinge beide Beine um das Seil. Und fall nicht herunter!"

Cindy tat genau, was Watch gesagt hatte. Sie näherte sich Adam Zentimeter um Zentimeter. Die Enden ihrer blonden Haare berührten die Wellen. Adam wollte ihr etwas Aufmunterndes zurufen, aber es fiel ihm nichts Passendes ein – vor allem, weil Sally ihn düster anstarrte.

Adam verstand Sally nicht. Sie war die Erste gewesen, die Cindy helfen wollte. Nur weil er ein paar nette Dinge über Cindy gesagt hatte, musste Sally noch lange nicht so eifersüchtig sein. Adam hatte keine Ahnung, worauf sie eifersüchtig war. Sie waren Kinder und hatten keine Beziehung. Er wusste nicht einmal genau, was das Wort bedeutete.

„Nur noch ein kleines Stück", sagte Adam schließlich, als Cindy das Wasser schon fast überquert hatte. Als ihre Füße über den Steinen waren, streckte er die Hand aus und half ihr vom Seil herunter. Sie stand neben ihm und atmete schwer.

„Das war schrecklich", sagte sie.

„Seit wann wohnst du in Spook City?", fragte er.

„Seit zwei Monaten. Und du?"

„Seit zwei Wochen. Wir sind hierher gezogen, weil mein Vater hier eine Arbeitsstelle gefunden hat."

Cindys Gesicht wurde verschlossen. „Wir sind hierher gezogen, weil mein Vater gestorben ist."

„Das tut mir sehr Leid."

„Seine Familie hatte hier ein Haus. Da können wir umsonst wohnen." Cindy zog schwach die Schultern hoch. „Wir wussten nicht, wo wir sonst hätten hingehen sollen."

„Hast du keine Geschwister? Außer Neil?"

„Nein."

„He!", rief Sally herüber. Sie hatte die Hand bereits am Seil. „Hört auf zu plaudern. Macht euch bereit mich zu retten, falls ich hineinfalle."

„Ich kann es kaum erwarten dich zu retten", rief Adam zurück.

Sally brauchte länger als Cindy. Sie jammerte und schimpfte während der gesamten Strecke, sodass es schon verblüffend war, dass sie überhaupt noch genug Kraft hatte sich am Seil festzuhalten. Endlich stand sie neben Adam und Cindy.

„Hoffentlich sind wir auf dem Rückweg nicht in Eile", sagte Sally.

Watch war am schnellsten drüben beim Leuchtturm. Das Seil war stark. Es gab unter Watchs Gewicht kaum nach. Solange sich keine großen weißen

Haie in der Gegend aufhielten, würde der Rückweg keine Probleme verursachen, erklärten alle vier übereinstimmend.

Gemeinsam betraten sie den Leuchtturm. Das Erdgeschoss war, bis auf den Vorratsraum, leer. Es gab nur ein paar Spinnennetze und viel Staub. Die Wendeltreppe schien auf sie zu warten, sie schien sie herauszufordern die vielen Stufen in die Dunkelheit hinaufzusteigen – falls sie die Nerven dazu hatten. Adam deutete nach oben.

„Wenn wir wenigstens eine einzige Taschenlampe dabeihätten", sagte er.

„Als wir zu Hause losgegangen sind, wollten wir nur ein paar Doughnuts essen", meinte Watch. Er prüfte die Metallstufen mit beiden Händen. „Die Treppe scheint stabil zu sein. Ich wette, sie führt zu irgendeiner Tür hoch."

„Wie kommst du darauf?", fragte Sally.

„Hier drinnen ist es dunkel", erklärte Watch. „Aber die Fenster des Leuchtturms sind nicht mit Brettern vernagelt. Das kann man von außen sehen. Also muss es einen Zwischenboden geben, der uns von den Fenstern trennt." Er trat auf die Treppe. „Ich schätze, in ein paar Minuten wissen wir mehr."

„Sollen wir alle zusammen hochsteigen?", fragte Sally und sah sich nervös um.

„Du kannst auch ganz allein hier bleiben", sagte

Adam und folgte Watch auf die Treppe. „Aber du hast genug Horrorfilme gesehen, um zu wissen, was passieren kann, wenn man im Dunkeln allein ist."

„Ich bin in dieser Stadt aufgewachsen", sagte Sally schnippisch. „Ich schaue mir Horrorfilme vor dem Einschlafen an, zur Entspannung." Sie setzte einen Fuß auf die unterste Stufe. „Ich hoffe nur, dass diese Treppe nicht plötzlich aufhört."

„Der Sturz wäre dann sehr lang", sagte Watch zustimmend. Er übernahm die Führung.

„Hoffentlich ist mein Bruder da oben", sagte Cindy leise, die eine Stufe hinter Watch ging.

Der Aufstieg war sehr mühsam. Bereits nach wenigen Minuten atmeten alle vier schwer. Der Boden erschien schon nach kurzer Zeit so weit entfernt. Adam wurde beim Hinabsehen ganz schwindlig. Es war nervenaufreibend in die Dunkelheit zu steigen. Gelegentlich streifte ein Spinnennetz ihre Gesichter und ließ sie zurückzucken. Adam wünschte, er hätte ein Feuerzeug oder etwas Ähnliches dabei, damit er etwas sehen konnte. Je höher sie stiegen, desto dunkler wurde es und desto wärmer. Adam wollte Watch gerade zurufen, er solle stehen bleiben und eine Pause machen, da rief Watch „Autsch!". Er war in der Dunkelheit praktisch unsichtbar.

„Wir sind oben angekommen", sagte Watch und rieb sich den Kopf.

„Ist da eine Tür?", fragte Sally und stellte sich dicht zwischen Cindy und Adam.

„Ich bin mit dem Kopf gegen etwas geknallt. Ich hoffe, es ist eine Tür", sagte Watch. „Bleibt ruhig, vielleicht bekomme ich sie auf."

Watch schlug mit der Faust mehrmals gegen die vermeintliche Holztür, jedoch ohne Erfolg.

„Vielleicht solltest du deinen Kopf nehmen", schlug Sally vor. „Damit hast du bestimmt mehr Glück."

„Vielleicht ist irgendwo ein Schloss", sagte Cindy und schlüpfte an Adam vorbei, der sie kaum erkennen konnte. Adam lauschte, wie Watch und Cindy mit ihren Händen die Tür abtasteten. Plötzlich ertönte ein Klicken und ein Lichtstrahl traf Adams Gesicht. Er kam von draußen durch die Fenster an der Spitze des Leuchtturms. Cindy und Watch hatten die Falltür aufgestoßen.

Gemeinsam kletterten sie hoch in den nächsten Raum des Leuchtturms.

Auch hier war es staubig und überall hingen Spinnweben. Besonders dick lag der Staub auf dem riesigen Metallspiegel hinter dem gigantischen Suchscheinwerfer, der sich in der Mitte des Raumes befand. Watch fuhr mit dem Finger über den Spiegel und Adam war erstaunt, wie gut erhalten das Metall unter der Staubschicht glänzte. Die beiden Glühlampen im Zentrum des Scheinwerfers waren nicht von Glas umhüllt. Sie wölbten sich aus der Mitte des Spiegels wie zwei aufmerksame Augen. Watch studierte den Scheinwerfer eine Weile und prüfte die elektrischen Kabel.

„Das Ding ist seit Jahren nicht mehr eingeschaltet worden", sagte er schließlich.

Cindy war verwirrt. „Vor zwei Tagen hat es aber geleuchtet."

„Bist du sicher, dass das Licht von hier kam?", fragte Adam.

„Ganz sicher", sagte Cindy.

Watch hatte Zweifel. „Diese Kabel sind morsch und zerschlissen. Ich glaube nicht, dass sie überhaupt noch Strom leiten können."

„Ich weiß, was ich gesehen habe." Cindy beharrte auf ihrer Aussage. Sie schaute sich prüfend im Raum um. „Er muss hier irgendwo sein", sagte sie sanft und verzweifelt.

Adam versuchte sie aufzumuntern. „Wenn ein Geist deinen Bruder geholt hat, dann kann er ihn auch irgendwo anders hingebracht haben."

Cindy seufzte. „Du willst also sagen, er könnte überall sein. Und das bedeutet, dass wir ihn niemals finden werden."

„Nein", sagte Adam schnell. „Ich wollte damit sagen, dass wir mit der Suche gerade begonnen haben. Los, kommt, wir schauen uns weiter um."

Doch hier oben war nicht viel zu sehen. Außer dem Scheinwerfer gab es noch einen einfachen Schreibtisch, einen Stuhl, ein Feldbett und ein Badezimmer, das aussah, als sei es seit Jahren nicht mehr benutzt worden. Der Wasserhahn am Waschbecken funktionierte überhaupt nicht. Sie probierten ihn aus. Aber an Stelle von Wasser entwich ein Geruch nach Gas.

Sally entdeckte etwas Ungewöhnliches an der Seite des Schreibtisches. In das alte Holz waren neben einem Herz zwei Wörter eingeritzt: *Mammi* und *Rick*. Wahrscheinlich stammten die Wörter von einem Kind. Adam schaute Sally und Watch an.

„Wisst ihr, wer der letzte Betreiber des Leuchtturms war?", fragte Adam.

„Ich habe gehört, es war ein Seemann, ein richtiger Blutsauger", sagte Sally.

Watch schüttelte den Kopf. „Nein, der Blutsauger war der Kerl, der die Imbissbude am Pier hatte. Bum sagt, den Leuchtturm hat am Schluss eine Frau betrieben. Eine alte Frau."

„Ist die Frau jetzt tot?", fragte Cindy.

„Die meisten alten Leute in Spook City sind tot", antwortete Sally.

Watch nickte. „Das ist mindestens dreißig Jahre her. Ich bin sicher, dass die Frau inzwischen gestorben ist."

„Man muss tot sein, um ein Geist zu werden", sagte Sally, die versuchte Cindy etwas Mut zu machen.

„Was ist mit diesem Rick?", fragte Adam.

Watch schüttelte den Kopf. „Ich habe keine Ahnung, was mit ihm passiert ist. Vielleicht kann uns Bum etwas über ihn sagen, falls wir Bum finden. Vielleicht gibt es in der Bibliothek alte Berichte, die wir durchsehen könnten."

Sally verzog das Gesicht. „Wir müssen in die Bibliothek? Würg!"

„Was hast du gegen die Bibliothek einzuwenden?", fragte Adam widerstrebend.

„Der Bibliothekar ist ein wenig eigenartig", sagte Watch.

„Ein wenig?", sagte Sally. „Er heißt Mr. Spiney. Wenn er ein Foto für deinen Bibliotheksausweis von dir macht, dann macht er in Wirklichkeit eine Röntgenaufnahme. Wenn du ein Buch ausleihst, sieht er sich gern deine Knochen an, um festzustellen, ob sie gesund sind. Wenn du in den Lesesaal gehst, dann schließt er dich ein, für den Fall, dass du auf die Idee kommen solltest eines seiner wertvollen Bücher oder eine alte Zeitschrift zu stehlen. Das letzte Mal war ich zwei Nächte gefangen, bis er mich wieder herausließ. Ich habe unterdessen die Ausgaben der letzten zehn Jahre des *Time* Magazins gelesen."

„Das freut mich, dass du die Zeit so gut genutzt hast", bemerkte Watch.

„Mr. Spiney zwingt die Kinder auch immer Milch

160

zu trinken, wenn sie in die Bibliothek kommen", fuhr Sally fort. „Er sagt, er will nicht, dass ihre Knochen zu frühzeitig brüchig werden. Ich schwöre, dass ich den Kerl einmal beobachtet habe, wie er im Friedhof ein Skelett ausgegraben hat. Er hat zu Hause einen Schrank voll mit Knochen."

„Wegen Mr. Spiney sollten wir uns jetzt keine Gedanken machen", sagte Adam, der keine Lust hatte noch länger das verrückte Sally-Watch-Gespräch anzuhören. „Ich will zur Bibliothek." Er wandte sich an Cindy. „Sofern es dir recht ist."

Cindy nickte traurig und schaute in dem Raum herum. „Ich hatte so gehofft Neil hier zu finden. Ich war sicher, dass er hier auf mich wartet."

Adam tätschelte ihr den Rücken. „Wir machen Fortschritte. Das ist das Wichtigste."

Sie folgten Watch die Treppe hinunter.

In diesem Moment wurde der Scheinwerfer eingeschaltet. Rätselhafterweise leuchtete der Strahl aber nicht auf das Meer hinaus, sondern auf die Wendeltreppe. Watch war bereits mehrere Stufen nach unten gegangen, als das Licht plötzlich aufleuchtete. Aber Cindy lief direkt in den Lichtstrahl hinein und wurde, wie die anderen auch, davon geblendet. Deshalb trat sie nicht auf die erste Stufe, sondern stolperte und rutschte über die Seite durch die Luke hinunter. Adam sah, wie zu seiner Linken eine verschwommene

161

Gestalt fiel und hörte Cindys Schrei. Er war sich nicht sicher, was er jetzt tun sollte, und so tauchte er einfach in das Licht und hoffte sie aufzufangen.

Der Scheinwerfer erlosch.

Zunächst sah Adam Sterne, sonst nichts. Nach einigen Sekunden wurde ihm klar, dass er eine Hand von Cindy festhielt und dass sie verzweifelt kämpfte. Wenn sie losließ oder wenn er losließ, würde Cindy über dreißig Meter tief auf den Boden des Leuchtturms stürzen. Adam rief Watch zu Hilfe.

„Zieh sie zu dir in Richtung Treppe!", rief Adam.

„Ich kann sie nicht erreichen!", rief Watch zurück und putzte seine Brille an seinem Hemd. Er sah am schlechtesten von allen vieren.

„Ich bin hier!", schrie Cindy. Die Falltür, die in den oberen Raum führte, war ziemlich groß. Cindy war an der Seite gestolpert, die der Wendeltreppe gegenüberlag. Als Adam wieder klar sehen konnte, erkannte er, dass Cindys Beine in der Luft strampelten. Sally kniete sich neben Adam und versuchte Cindys andere Hand zu fassen.

„Wir lassen dich nicht los!", rief Sally.

„Du brichst mir die Hand!", kreischte Cindy.

„Oh", sagte Sally und zog sich auf die Knie zurück. „Tut mir Leid."

„Watch", sagte Adam ängstlich. Sein Griff wurde schwächer. „Setz deine Brille auf und versuche ihre

Füße zu packen. Ich kann sie nicht mehr lange festhalten."

Watch rieb sich die Augen. „Ich kann immer noch nicht richtig sehen. Cindy, schrei oder sag irgendetwas, damit ich dich hören kann. Ich ziehe dich dann herüber."

„Ist gut. Ich kann sprechen", sagte Cindy atemlos. „Was soll ich denn sagen? Ich habe mich schon immer vor großen Höhen gefürchtet. Ich mag auch keine Geister. Aber ich esse gern Eis. Ich gehe gern zur Schule. Ich singe gern. Ein paar Jungs mag ich gern."

„Welche Jungs denn?", fragte Sally dazwischen.

„Ich hab sie gleich!", rief Watch, griff nach vorn und bekam Cindys Füße zu fassen.

„Hast du sie wirklich?", fragte Adam.

„Lass sie noch nicht los, falls es das ist, was du wissen willst", sagte Watch und zog Cindy näher heran.

„Genau das will er wissen", sagte Cindy, die der Panik nahe war. Aber da berührten ihre Füße etwas Festes. „Gott sei Dank. Ich stehe auf einer Stufe."

„Das hoffe ich schwer", sagte Watch und zog Cindy ein Stück weiter zu sich heran. „Ich stehe nämlich auch darauf. Aber ich kann noch immer nichts sehen." Watch zog sie ganz auf die Treppe. „So, jetzt bist du in Sicherheit."

Adam ließ Cindys Hand los. „Junge, Junge", sagte er. „Das war knapp." Er drehte sich zu dem Scheinwerfer um und beschwerte sich bei Watch. „Hast du nicht gesagt, der Scheinwerfer könne gar nicht mehr leuchten?"

Watch kam die Treppe wieder herauf. Cindy war bei ihm. Watch untersuchte eingehend die Drähte, die zu dem Scheinwerfer führten.

„Hat einer von euch etwas angerührt?", fragte Watch.

„Nein", antworteten Sally und Adam.

„Ich weiß nicht, wie sich der Scheinwerfer einschalten konnte", sagte Watch. „Die Drähte haben keinen Kontakt."

„Könnte er eine andere Energiequelle haben?", überlegte Cindy laut.

Sie schauten sich alle an.

In diesem Augenblick hörten sie ein Geräusch.

Ein schwaches Heulen.

Es schien von weit her zu kommen. Von irgendwo über dem Meer. Aber es war auch nicht so weit weg, als dass es sie nicht in Angst versetzt hätte. So schnell sie konnten, eilten sie die Treppe hinunter, aus dem Leuchtturm hinaus und zogen sich am Seil zurück auf die Mole. Dort beschlossen sie weitere Untersuchungen auf später zu verschieben.

5

Watch konnte Bum nicht finden und so landeten sie schließlich doch in der Bibliothek. Adam erinnerte der Ort eher an ein Geisterhaus als an ein Haus, in dem Bücher aufbewahrt wurden. Aber an Dinge dieser Art gewöhnte er sich allmählich, seit er nach Spook City gezogen war.

Mr. Spiney begrüßte sie an der Eingangstür. Er war der dünnste Mann, den Adam in seinem ganzen Leben gesehen hatte. Er war groß und ging gebückt. Er sah aus, als würden seine Knochen jeden Augenblick seine faltige Haut durchstoßen. Seine großen Hände erinnerten Adam an Klauen. Er trug einen unmodernen schwarzen Anzug mit Weste und verbeugte sich leicht, als er sie in seine Bibliothek eintreten ließ. Wenn er sprach, klang er irgendwie wie ein alter Fisch.

„Hallo, Kinder. Herzlich willkommen", sagte er. „Ich hoffe, ihr habt saubere Hände und reine Gedanken. Wollt ihr ein Glas Milch?"

„Nein, vielen Dank", sagte Sally rasch. „Wir wollen nur schnell ein paar Quellen prüfen."

„Sally Wilcox", sagte Mr. Spiney und schaute sie prüfend an. „Wie schön, dass du mich wieder einmal besuchst." Er streckte eine seiner Klauenhände vor. „Was machen denn deine Knochen?"

Sally wich einen Schritt zurück. „Sie sind in Ordnung, vielen Dank. Wir wollen keine Milch, und unsere Knochen sind alle wunderbar fest und stark. Könnten wir bitte einen Blick in Ihre alten Zeitungen werfen? Und könnten Sie bitte versprechen uns nicht im Lesesaal einzuschließen?"

Mr. Spiney trat einen Schritt zurück und betrachtete sie mit misstrauischem Blick. „Was habt ihr denn mit meinen Zeitungen vor?"

„Wir wollen sie nur lesen", sagte Watch. „Und was mich betrifft, ich hätte nichts gegen ein Glas Milch einzuwenden."

Mr. Spiney lächelte und nickte. „Wenn ihr keine Milch trinkt, dann bekommt ihr mit Sicherheit Osteoporose." Er schaute Cindy und Adam an. „Wisst ihr, was das ist?"

„Nein", antwortete Cindy.

„Und wir wollen es auch gar nicht wissen", sagte Adam.

Mr. Spiney war beleidigt. „Nun gut. Aber dann braucht ihr auch nicht zu mir gelaufen kommen, wenn eure Knochen zu bröckeln beginnen. Dann ist es zu spät."

Mr. Spiney führte sie in einen düsteren Raum im zweiten Stock der Bibliothek. Dann ging er weg, um

Watchs Milch zu holen. Sally vertrat natürlich die Ansicht, die Milch wäre vergiftet. Aber Watch sagte, er habe Durst und es wäre ihm egal.

Die offizielle Tageszeitung von Spook City hieß *The Daily Disaster*. Adam war erstaunt, wie umfangreich der Teil mit den Todesanzeigen war, besonders für solch einen kleinen Ort. In jeder Ausgabe umfasste er beinahe die Hälfte der Zeitung. In einem hatte Sally Recht: Nicht jeder blieb lange in Spook City. Als Todesursache war oft ganz einfach *verschwunden* angegeben.

Watch war der Ansicht, sie sollten bei ihrer Suche nach Informationen über den Leuchtturm dreißig Jahre zurückgehen.

„Bist du sicher, dass er damals stillgelegt wurde?", fragte Cindy und half ihm die Zeitungen aus dem Regal zu holen.

„Nach Bums Aussagen war es etwa um diese Zeit", sagte Watch.

„Wonach suchen wir überhaupt?", murrte Sally. „In der Zeitung schreiben sie nichts über Geister. Nicht einmal im *Daily Disaster.*"

„Ich vermute, wir suchen nach der Person, die sich in den Geist verwandelt hat, der Cindys Bruder gestohlen hat", sagte Adam. Er schaute Watch an. „Stimmt das?"

Watch nickte. „Ich wäre sehr froh, wenn wir herausfänden, wer Mammi und Rick waren", antwortete Watch und breitete die Zeitungen auf einem Tisch in der Mitte des düsteren Raumes aus.

Über eine Stunde durchforschten sie die Zeitungen. Während dieser Zeit tauchte Mr. Spiney dreimal auf und brachte für jeden ein Glas Milch. Sally lehnte rundweg ab. Adam und Cindy wollten nicht unhöflich sein und beschlossen schließlich ein wenig Milch zu trinken. Mr. Spiney stand neben ihnen, während sie an den Gläsern nippten. Adam verzog das Gesicht und hätte die Milch beinahe wieder ausgespuckt.

„Die Milch schmeckt ja, als wäre Sand darin", beklagte er sich.

„Das ist kein Sand", erklärte Mr. Spiney. „Das ist Kalziumpulver. Das macht deine Knochen so hart, dass sie immer noch weiß und fest sind, auch wenn du schon zwanzig Jahre tot und begraben bist." Er grinste Cindy und Adam an. Zum ersten Mal fiel den beiden auf, was für große Zähne Mr. Spiney hatte. „Ihr beide werdet wunderbare Leichen sein", sagte er gefühlvoll.

Cindy stellte ihr Glas ab und hustete. „Ich fürchte, ich bekomme eine Milchallergie."

Endlich ließ Mr. Spiney sie allein. Sie machten sich wieder an die Arbeit. Kurz darauf schlug Watch eine Zeitung auf, in der er einen Artikel über den Leuchtturm entdeckte.

Doppelte Tragödie auf dem Meer

Letzten Samstag gab es im Leuchtturm einen Stromausfall. Kurz danach lief ein Schiff, die Halifax, auf ein Riff vor Spring City und sank. Der Name des Kapitäns war Dwayne Pillar. Kapitän Pillar versank mit seinem Schiff. Sein Leichnam wurde noch nicht geborgen. Was den Stromausfall im Leuchtturm verursachte, ist noch nicht geklärt. Aber der Ausfall des Lichts war eindeutig für das Schiffsunglück verantwortlich.

Unglücklicherweise spielte der Sohn von Mrs. Evelyn Maey, der Leuchtturmwärterin, am folgenden Abend auf der Mole neben dem Turm, als eine Welle ihn ins Meer spülte. Der fünfjährige Rick wurde noch nicht gefunden und die Behörden befürchten, dass er ertrunken ist. Evelyn Maey war nicht zu einer Stellungnahme fähig.

„Das ist es!", rief Sally.

Alle schauten sie an. „Was ist was?", fragte Watch schließlich.

Sally war ganz aufgeregt. „Kapiert ihr nicht? Der Geist von Kapitän Pillar hat Rick geraubt, weil dessen Mutter den Scheinwerfer ruiniert hatte und infolgedessen das Schiff des Kapitäns verunglückt ist. Das war seine Art Rache an der Frau zu nehmen."

Watch nickte.

„Das klingt logisch. Aber was hat der Geist mit Neil zu tun?"

„Genau", sagte Adam. „Er hat dem Seemann nichts getan."

Sally sprach mit äußerster Geduld. „Das ist gleichgültig. Rick war fünf Jahre alt. Neil war fünf Jahre alt. Der Geist liebt eben fünfjährige Jungen. Beachtet auch die Tageszeit, zu der Rick ins Meer gespült wurde. Es war kurz vor Sonnenuntergang. Zur gleichen Tageszeit verschwand auch Neil."

„Das sind eine Menge Übereinstimmungen", gab Adam zu.

„Aber ich dachte, der Geist der alten Frau hat Neil geraubt", sagte Cindy.

„Wieso glaubst du das?", fragte Sally.

„Weil der Geist, der Neil packte, die Hände einer alten Frau hatte", sagte Cindy. „Außerdem heulte er auch wie eine alte Frau."

„Seit wann heulen alte Frauen?", fragte Sally. „Schau, wir haben einen klaren Fall. Ein Geist hat einen Jungen entführt und die Umstände waren genau die gleichen wie bei deinem Bruder. Es muss derselbe Geist sein. Darauf verwette ich meinen Ruf."

„Das macht dich nicht unbedingt zu einem ernst zu nehmenden Wettpartner", murmelte Adam.

„Wo, glaubst du, befindet sich dieser Geist des Seemanns?", fragte Cindy und ignorierte Adams Bemerkung.

„Wahrscheinlich lebt er in seinem alten Schiff", sagte Sally.

„Das zufällig gesunken ist und unter Wasser liegt", bemerkte Adam.

Watch wurde nachdenklich. „Aber das bedeutet nicht, dass es unmöglich ist zu dem Schiff zu gelangen und es bedeutet auch nicht, dass es in dem Schiff keine Luftkammern gibt, in denen ein Mensch ein paar Tage überleben könnte. Neil könnte dort sein und er könnte am Leben sein. Es heißt, auf der *Titanic* gab es ganze Säle, in die das Wasser nicht eingedrungen war. Und dieses Schiff war um einiges länger unter Wasser als unser Schiff."

„Und wie kommen wir zu dem Schiff?", fragte Adam. „Wir bräuchten dazu ja eine Taucherausrüstung."

„Ich habe eine Taucherausrüstung", sagte Watch. „Ich tauche, seit ich sieben Jahre alt war."

„Aber du kannst doch nicht allein in einem haiverseuchten Gewässer tauchen", sagte Sally. „Das ist zu gefährlich."

„Ich habe mehrere Ausrüstungen", sagte Watch. „Ich nehme Adam mit."

„Aber ich kann überhaupt nicht tauchen", protestierte Adam.

„Ich bringe es dir bei", sagte Watch. „Ich habe eine Zulassung als Tauchlehrer. Du wirst sehen, es macht wirklich Spaß."

„Und was passiert, wenn ein Hai kommt?", fragte Cindy, obwohl sie offensichtlich schon ganz aufgeregt war bei dem Gedanken, die beiden könnten ihren Bruder finden.

„Er kann immer nur einen von uns beiden fressen", sagte Watch fröhlich.

6

Es dauerte noch eine gute Stunde, bis sie die Taucherausrüstung ans Ende der Mole geschleppt hatten. Adam konnte es gar nicht glauben, dass Sauerstoffflaschen so schwer waren. Schließlich liehen sie sich einen Einkaufswagen vom Supermarkt und schoben einen Teil der Ausrüstung. Aber sie konnten den Wagen nicht auf die Felsen der Mole mitnehmen. Adam war bereits völlig erschöpft, bevor er überhaupt im Wasser war.

„Ich brauche eine Pause", sagte er und setzte die Sauerstoffflasche neben dem Seil ab, das sie am Leuchtturm festgebunden hatten. Die ganze Ausrüstung sah so kompliziert aus. Adam konnte sich nicht vorstellen, wie er ihren Gebrauch in ein paar Minuten lernen sollte. Außerdem musste er ununterbrochen an die Haie denken. Er hatte keine Lust den Rest seines Lebens mit einem Spitznamen wie *Jaws* herumzulaufen.

„Das ist keine gute Idee", sagte Watch. „Es wird spät. Man sollte immer mit viel Sonnenlicht tauchen. Je früher wir ins Wasser kommen, desto besser."

„Kannst du mir wirklich beibringen, was ich mit all diesen Teilen machen muss?"

„Du willst dich doch wohl nicht drücken?", fragte Sally süß.

Adam wollte sich gerade verteidigen, da trat Cindy vor. „Adam ist kein Drückeberger", sagte sie. „Er war der Erste, der sich zum Leuchtturm hinübergetraut hat. Falls dir das entfallen sein sollte."

Sally konnte es nicht leiden von einem Mädchen angegriffen zu werden, vor allem nicht von einem Mädchen, dem sie eigentlich helfen wollte. Sie stach Cindy mit ihrem Finger beinahe die Augen aus.

„Falls es dir entfallen sein sollte, dann erinnere ich dich daran, dass ich es war, die diese Rettungsaktion gestartet hat", sagte Sally. „Übrigens, Adam und ich sind schon seit langem befreundet. Ich kann ihn Drückeberger nennen, wann immer ich will. Er hat überhaupt nichts dagegen."

„So ganz stimmt das nicht", sagte Adam.

„Und er wohnt erst seit zwei Wochen hier", fügte Watch hinzu.

„Ich habe das Gefühl, du bist auf mich eifersüchtig", sagte Cindy zu Sally.

„Warum sollte ich wohl auf dich eifersüchtig sein?"

„Diese Frage könnte Cindy dir stellen", sagte Adam.

Sally explodierte. „Warum ergreifst du immer für sie Partei?"

„Ich habe es gesagt, je früher wir ins Wasser kommen, desto besser", erinnerte Watch.

174

„Ich ergreife nicht immer für sie Partei", sagte Adam zu Sally. „Ich glaube, du solltest dich einfach etwas entspannen. Nimm die Dinge, wie sie kommen."

Sally kochte vor Wut. „Wir werden ja sehen, wie entspannt du bist, wenn ein großer weißer Hai hinter dir her ist."

Adam und Watch zogen Taucheranzüge über. Als er die Tauchausrüstung anlegte, fragte Adam nach der Funktion jedes einzelnen Teils. Watch hob beruhigend die Hände.

„Ich stelle die gesamte Ausrüstung ein", sagte Watch. „Du musst vor allem daran denken, dass du durch den Mund atmest. Und tauche keinesfalls schnell zur Oberfläche hoch."

„Was passiert, wenn ich husten und schnell nach oben muss?", fragte Adam.

„Dann platzen deine Lungen und deine Taucherbrille ist voll mit Blut", sagte Watch. „Wenn du husten musst, huste in den Regulator."

„Was ist das schon wieder?"

„Das ist das Teil, das du im Mund hast. Wenn du deine Brille reinigen musst, dann halte sie mit einer Hand fest und blase kräftig durch die Nase. Durch den Luftdruck wird das Wasser hinausgepresst."

Adam wurde nervös. „Füllt sich die Brille immer mit Wasser?"

„Es kann passieren", sagte Watch.

„Dann kannst du nicht sehen, was um dich herum passiert", sagte Sally düster.

Watch hob eine Sauerstoffflasche auf Adams Rücken. Adam hatte das Gefühl auf dem Planeten Jupiter zu stehen, wo die Schwerkraft viermal so hoch war wie auf der Erde. Er konnte sich kaum bewegen.

„Sobald du im Wasser bist, spürst du das Gewicht überhaupt nicht mehr", sagte Watch. Er zeigte hinaus auf das Meer. „Siehst du, wo das Wasser die Farbe ändert, dort drüben?"

„Ja", sagte Adam schwer atmend. Dort, wo Watch hinzeigte, war das Blau des Wassers heller.

„Dort beginnt das Riff", sagte Watch. „Wahrscheinlich ist das Schiff dort irgendwo untergegangen. Aber das Riff ist ungefähr vierhundert Meter lang. Wir müssen vielleicht eine Weile suchen."

„Wie lang reicht der Sauerstoffvorrat?", fragte Adam und schaute prüfend auf die Anzeige. Er las 3000 psi ab.

„Eine Stunde, wenn wir nicht zu tief gehen", sagte Watch. „Wenn die Anzeige bei null psi ist, hast du keinen Sauerstoff mehr."

„Und was machen wir, wenn tatsächlich ein Hai kommt?", fragte Adam.

„Beten", sagte Sally.

„Auf den Grund sinken lassen", sagte Watch. „Und beten."

Gerade bevor Adam ins Wasser stieg, beugte sich Cindy zu ihm vor und küsste ihn auf die Wange. Er war noch nie von einem Mädchen geküsst worden, außer von seiner Mutter, aber das zählte nicht. Er wusste nicht, was er jetzt machen sollte. Er hatte zu viel Angst, um den Kuss zu erwidern, besonders unter Sallys bohrendem Blick. Sie sah plötzlich einem Hai sehr ähnlich. So lächelte er nur und versuchte Cindy Hoffnung zu machen.

„Vielleicht finden wir ja deinen Bruder", sagte er.

Cindy schaute ihn an und sagte nur: „Ich weiß, dass du ihn findest, Adam."

„Oh, Mann", murmelte Sally. „Er kann froh sein, wenn er in einem Stück wieder zurückkommt." Aber dann zeigte auch Sally ihre Besorgnis und berührte Adams Arm. „Du weißt doch, dass das nur Spaß war. Seid vorsichtig, ihr beiden."

„Wenn wir wirklich vorhätten vorsichtig zu sein, würden wir gar nicht erst ins Wasser steigen", brummte Watch.

Trotzdem stiegen sie hinein. Watch ließ die Luft aus Adams Schwimmgürtel und fast im selben Moment begann Adam zu sinken. Doch Adam geriet nicht in Panik. Er war noch nie zuvor mit einer Taucherbrille unter Wasser gewesen und er war verblüfft darüber, wie wunderschön es war. Fische in unterschiedlichsten Farben schwammen vorbei. Das Sonnenlicht, das durch die Wasseroberfläche drang, wirkte auf ihn wie die Strahlen einer außerirdischen Sonne.

Sie sanken beständig und hielten erst in zehn Metern Tiefe an. Zumindest zeigte Adams Tiefenmesser diese Zahl an. Unglücklicherweise war es hier viel dunkler als direkt unter der Oberfläche. Adam konnte seine Umgebung gerade drei Meter im Umkreis erkennen. Watch schwamm neben ihm und hob die Hand zum O.K.-Zeichen. Adam erwiderte das Zeichen.

In einem Punkt hatte Watch Recht gehabt: Adam fühlte sich absolut schwerelos, so als wäre er im Weltall. Es war ein großartiges Gefühl. Er war froh diesen Tauchgang gewagt zu haben.

Watch deutete zum tieferen Wasser. Sie mussten von der Mole weg, weiter hinaus zum Riff schwimmen. Er wollte, dass Adam ihm folgte. Adam nickte. Es war interessant sich ohne Sprache zu verständigen.

Sie bewegten sich vorwärts. Adam fand bald heraus, dass er schneller schwimmen konnte, wenn er die Arme ruhig hielt und nur die Flossen bewegte. Er fühlte sich unter Wasser sehr wohl und seine Angst vor Haien war fast verflogen. Er beobachtete, wie die silbernen Luftblasen langsam zur Oberfläche stiegen und überlegte sich, ob Cindy und Sally die Blasen wohl sahen.

Zwei Minuten später hatten sie das Riff erreicht. Sie

waren jetzt in fünfunddreißig Metern Tiefe und es war so dunkel wie eine halbe Stunde nach Sonnenuntergang. Das Riff bestand nicht aus Korallen, sondern aus zerklüfteten Felsen. Watch hatte erklärt, dass Korallen nur in warmem Wasser wuchsen. Als sie nun auf der Suche nach dem Wrack über das Riff schwammen, stellte Adam sich vor, er schwebte über die Oberfläche eines weit entfernten Mondes. Obwohl es dunkel war, blieben die herrlichen Farben sichtbar. Er wünschte sich eine Kamera dabeizuhaben. Nur zu gern hätte er Fotos für seine Familie gemacht. Er wusste, dass sie seine Geschichte ohne Beweise nie glauben würde.

Watch gab Adam eine Taschenlampe. Adam fragte sich, warum er ihm die Lampe nicht schon auf der Mole gegeben hatte. Aber dann erklärte er es sich damit, dass Watch befürchtete hatte, Adam würde die Lampe verlieren, bevor er sich unter Wasser zurechtgefunden hatte. Die Taschenlampen waren klein und nicht sehr stark. Doch ihr Lichtkegel erhellte den Fels wenigstens ein wenig. Watch leuchtete in jede Spalte, auf der Suche nach einem Hinweis auf das Schiff.

Sie hatten das Riff etwa seit dreißig Minuten abgesucht, als Adam spürte, wie etwas an seiner Vorderseite herunterglitt. Er schaute nach unten und stellte fest, dass Watch den Bleigürtel nicht richtig fest geschnallt hatte. Er war kurz davor herunterzufallen. Die

Gewichte, so viel wusste Adam bereits, hielten ihn unter Wasser. Er hatte nicht vergessen, dass seine Lungen platzen würden, wenn er an die Oberfläche schoss. Eine Woge des Entsetzens durchströmte ihn. Anstatt den rutschenden Gürtel zu packen, packte er Watchs Arm und zeigte in Panik auf das, was gerade geschah.

Watch blickte herüber.

In diesem Augenblick fiel Adams Gürtel herunter.

Der Gürtel sank wie ein Stein und verschwand in einer tiefen Felsspalte.

Adam spürte, wie er nach oben stieg. Er stieg sehr schnell.

Oh, nein, dachte er. Seine Lungen würden platzen.

Bald würde er sein eigenes Blut sehen.

Er würde sterben. Er würde den Fischen als Futter dienen.

Aber da packte ihn Watch und zog ihn heftig nach unten. Er schüttelte den Kopf. Adam brauchte keine Belehrung. Er wusste, dass er langsam auftauchen musste. Aber ohne Gewichte schien es unmöglich unten zu bleiben. Watch zog ihn hinunter, bis sie beide knapp über der Spitze des Riffs schwebten. Watch ergriff einen großen Stein und steckte ihn in Adams Schwimmgürtel. Sofort sank Adam wieder nach unten und Watch konnte ihn loslassen. Watch zeigte auf die Stelle, wo der Gürtel verschwunden war, und dann auf sich selbst. Er wollte den Gürtel suchen und Adam sollte hier auf ihn warten. Adam nickte heftig.

Watch verschwand.

Adam saß auf einer Kante der Klippe und überlegte, ob es wohl logisch war in einem mit Haien verseuchten Gewässer einen Geist zu suchen. Jetzt, wo Watch fort war, fiel es ihm schwer nicht an Haie zu denken. Er hatte gehört, dass große weiße Haie mehr als eintausendfünfhundert Kilogramm wiegen konnten. Für so einen Hai wäre Adam gerade ein kleiner Imbiss und der Hai wäre danach immer noch hungrig. Adam wünschte inständig, dass Watch sich beeilen und schnell mit dem Bleigürtel zurückkommen möge.

Aber Watch kam nicht wieder.

Es vergingen zehn Minuten. Fünfzehn Minuten.

Noch immer kein Watch.

Adam prüfte die Sauerstoffanzeige: 500 psi. Er vermutete, das hieß, dass er fast keine Luft mehr hatte. Er musste bald zurück. Aber wie konnte er das ohne Watch? Sally würde ihn wieder anschreien und einen Feigling nennen. Abgesehen davon hatte er Watch gern und er glaubte nicht, dass ihn der Freund absichtlich hier unten zurücklassen würde.

Die Anzeige sank auf 400 psi, dann auf 300.

Er würde das restliche bisschen Luft brauchen, um zurück zur Wasseroberfläche zu kommen.

Vielleicht hatte ein Hai Watch erwischt.

181

Adam stöhnte hinter seiner Taucherbrille. Er wusste nicht, was er tun sollte.

In diesem Augenblick sah er das Wrack.

Zuerst war er nicht sicher, was es war. Er erkannte nur einen weißen Schimmer in dem unheimlichen Blauschwarz. Das Wrack befand sich auf der linken Seite, beinahe hinter ihm. Deshalb hatte er es bisher nicht entdeckt. Es sah nicht aus, als wäre es weit entfernt, andernfalls hätte er es überhaupt nicht sehen können. Er überlegte, ob Watch auf der Suche nach dem Bleigürtel das Wrack entdeckt hatte. Vielleicht war Watch bereits im Wrack, dachte Adam. Das würde erklären, warum er nicht zurückgekommen war.

Adam fasste einen Entschluss. Er würde zum Wrack tauchen und es eine Minute lang überprüfen, nicht länger. Dann musste er sich beeilen nach oben zu kommen, mit oder ohne Watch.

Adam schwamm langsam auf das Wrack zu. Es war einmal eine etwa zwanzig Meter lange Motoryacht gewesen. Adam konnte an der Stelle, an der der Rumpf das Riff gerammt hatte, den klaffenden Riss erkennen. Das ließ ihn annehmen, dass sich das Riff weiter draußen und näher unter der Wasseroberfläche befand. Er konnte sogar die blasse Schrift an der Seitenwand des Wracks lesen. Dreißig Jahre hatten sie nicht weggewaschen. Jetzt wusste er mit absoluter Sicherheit, dass er auf die *Halifax* blickte.

Adam prüfte die Sauerstoffanzeige: 200 psi.

Er musste zur Oberfläche zurück. Jetzt sofort.

Aber als er sich anschickte nach oben zu schwimmen, sah er kleine Luftblasen aus dem Leck im Rumpf aufsteigen. Die Öffnung hatte einen Durchmesser von etwa neunzig Zentimetern. Adam überlegte, ob Watch vielleicht in das Wrack hineingeschwommen und irgendwo stecken geblieben war. Wenn das stimmte, dann wäre Watchs Sauerstoffvorrat bald zu Ende.

Adam traf eine weitere schwere Entscheidung.

Er würde durch das Loch schwimmen.

Er wollte sich nur kurz umschauen und sofort wieder herauskommen.

Aber Adam musste etwas tiefer tauchen, um an das Loch zu kommen. Er war nun etwa achtzehn Meter tief und er erinnerte sich vage daran, dass Watch ihm gesagt hatte, er müsse beim Auftauchen fünf Meter vor der Oberfläche eine Pause von drei Minuten einlegen. Doch für diese Pause würde er keine Zeit mehr haben. Vielleicht würden seine Lungen tatsächlich platzen. Doch er hatte nicht mehr eine solch große Angst, wie er sie zuvor gehabt hatte. Er musste seinen Freund retten. Er tat, was er tun musste.

Adam schwamm durch das Loch im Schiffsrumpf.

Das Licht seiner Taschenlampe erhellte seinen Weg. Er schwamm in eine Art Vorratsraum, wo er einen Eimer und einen Schrubber aufstöberte. Beide schwebten nach oben. Die Wände um ihn herum schienen näher zu rücken und das Licht der Lampe wurde schwächer. Er hoffte, Watch hatte die Batterien vor dem Tauchgang geprüft. Er hoffte auch sehr Watch bald zu finden. Der Vorratsraum war teilweise zerstört und der Durchgang war eng. Adam stellte sich vor, wie leicht man darin stecken bleiben konnte. Dann hätte man keine Möglichkeit sich umzudrehen.

Plötzlich sprang ihn etwas an.

Es hatte scharfe Zähne, große Augen und ein hässliches Gesicht.

Adam schrie unter seiner Maske auf.

Er ließ die Lampe fallen.

Sofort wurde es dunkel um ihn. Alles war vollkommen schwarz.

Oh, nein! Nein! Nein!

In diesem Augenblick erkannte Adam, dass er verloren war. Diese grauenvolle Kreatur kam auf ihn zu. Jeden Augenblick konnte sie ein großes Stück aus seinem Gesicht herausbeißen, dann würde sie durch das Loch kriechen und sein Gehirn fressen. Ein paar Sekunden schwebte Adam wie erstarrt im Wasser und wartete darauf von dem Monster aus der Tiefe verschlungen zu werden.

Doch die Sekunden tickten dahin und er wurde nicht angegriffen. Als er schließlich die Augen wieder öffnete, bemerkte er, dass die Lampe gar nicht erloschen war. Sie schwamm genau zu seinen Füßen. Aber der Strahl erhellte nicht mehr den Raum, sondern war auf einen Schrank gerichtet. Es war dunkel um Adam geworden, weil er beinahe ohnmächtig geworden wäre.

Er bückte sich und griff nach der Lampe.

In dem Moment sah er die Kreatur wieder.

Und wieder schrie er auf.

Dann schwieg er verlegen.

Die Kreatur sah Furcht erregend aus, war aber nicht sehr groß. Adam begriff, dass er es mit einem dreißig Zentimeter langen Zitteraal zu tun hatte, der einer Wasserschlange sehr ähnlich sah. Doch der kleine Aal schien viel mehr Angst vor ihm zu haben. Adam wedelte kurz mit der Hand und das Tier schoss davon. Adam fand, dass es nun höchste Zeit für ihn war wegzukommen. Sollte Watch das Wrack betreten haben, so war er jetzt auf alle Fälle nicht mehr da.

Adam drehte sich um und schwamm den Weg zurück, den er gekommen war. Das heißt, er glaubte, er schwimme den Weg zurück.

Aber er tauchte nicht wieder draußen im Meer auf.

Stattdessen fand er sich in einer Kabine des Schiffs wieder. Er leuchtete mit der Lampe herum.

Offensichtlich hatte er sich in der Richtung geirrt. Wahrscheinlich hatte er sich um die eigene Achse gedreht, als er die Augen geschlossen und geschrien hatte.

Etwas Eigenartiges fiel Adam an dieser Kabine auf. Sie war mit Luft gefüllt. Das war sehr gut. Er prüfte seinen Sauerstoffvorrat und fiel beinahe in Ohnmacht. Bei seinem Panikanfall mit dem Zitteraal hatte er die Sauerstoffflasche völlig geleert.

Die Anzeige stand auf 0 psi.

Adam sog an dem Regulator in seinem Mund. Aber es kam keine Luft mehr heraus.

Er riss ihn aus dem Mund und atmete tief ein. Die Luft in der Kabine war abgestanden und roch nach Fisch. Aber sie füllte zumindest seine Lungen, also hatte er keinen Grund sich zu beklagen. Adam konnte es nicht fassen, dass er sich in solch eine Situation gebracht hatte. Er befand sich fast zwanzig Meter unter Wasser und seine Sauerstoffflasche war vollkommen leer. Und das Schlimmste war, niemand wusste, wo er sich aufhielt.

Adam suchte mit seiner Taschenlampe die Kabine ab. Da fiel sein Blick auf etwas Schlimmeres als einen Zitteraal. Eine Million Mal schlimmer.

Es war ein schleimiger Schädel. Ein ganzes Skelett.

Es schwebte auf ihn zu. Adam schrie. Niemand hörte ihn.

Und das Skelett kam immer näher.

7

„Ich habe ihn verloren", sagte Watch, als er wieder auf die Mole kletterte.

„Wie konntest du ihn verlieren?", kreischte Sally.

Watch setzte sich auf einen Felsen und nahm seine Taucherbrille ab. „Er hat seinen Bleigürtel verloren und ich bin getaucht, um ihn heraufzuholen. Aber ich blieb zwischen zwei Felsen stecken und es war nicht einfach wieder loszukommen. Als ich dann schließlich wieder an der Stelle ankam, an der ich Adam zurückgelassen hatte, war er weg." Watch sah sich um. „Ich nehme nicht an, dass ihr ihn gesehen habt."

„Natürlich haben wir ihn nicht gesehen!", schrie Sally. „Du solltest doch auf ihn aufpassen!"

„Es tut mir Leid", sagte Watch.

„Es tut dir Leid!", schrie Sally. „Du hast soeben meinen zukünftigen Partner beim Schulabschlussball umgebracht!"

„Bis zum Abschlussball dauert es noch eine ganze Weile", sagte Watch. „Vielleicht findest du bis dahin noch jemand anderen, der dir gefällt."

Cindy hatte Tränen in den Augen. „Ist Adam wirklich tot?", fragte sie.

Watch ließ traurig den Kopf hängen. „Meine Sauerstoffflasche ist völlig leer und bei seiner muss es genauso sein. Wenn ihm in den letzten Minuten keine Kiemen gewachsen sind, sehe ich keine Chance, dass er noch lebt." Watch blickte auf das Meer hinaus und seufzte. „Er war noch so jung."

Cindy presste die Hände gegen ihren Kopf. „Oh, nein. Das ist alles meine Schuld. Armer Adam."

„Hör auf zu heulen!", fuhr Sally Cindy an. „Noch ist nicht alles verloren." Sally dachte nach. „Aus welchem Grund würde Adam die Stelle verlassen, wo er auf dich hätte warten sollen? Das ist die Frage, die wir uns stellen müssen."

Watch zuckte mit den Schultern. „Vielleicht hat ihn ein Hai erwischt."

Cindy weinte lauter.

„Könntest du bitte mit diesen deprimierenden Reden aufhören!", kreischte Sally ihn an.

„Du bist doch diejenige, die den ganzen Tag von nichts anderem als von Haien geredet hat", sagte Watch.

„Das war, bevor Adam verschollen ist." Sally wurde plötzlich ganz ruhig, dann schnippte sie mit den Fingern. „Ich hab's! Adam verließ die Stelle, an der du ihn zuletzt gesehen hast, weil er das Wrack entdeckt hat. Das ist die einzige Erklärung."

„Ich habe kein Wrack gesehen", sagte Watch und wischte das Wasser von seinen dicken Brillengläsern.

Er hatte seine Brille unter der Taucherbrille getragen.

„Ja, aber du bist halb blind", sagte Sally und ging energisch hin und her. „Das ist eine logische Überlegung. Und wenn Adam in das Wrack hineingetaucht sein sollte, besteht die Chance, dass er eine Luftblase gefunden hat. Er könnte also doch noch am Leben sein. Wir müssen Sauerstoffflaschen holen. Wir müssen ihn suchen."

„Wir?", fragte Watch.

„Ja", sagte Sally stolz. „Ich werde mein Leben riskieren, um Adam zu retten, denn meine Liebe zu ihm ist größer als meine Angst vor dem Tod." Sie schaute die weinende Cindy böse an. „Ich wette, du würdest so einen Satz nie über die Lippen bringen."

Cindy wischte sich über die Augen. „Es macht mir nichts aus ihn zu suchen."

Watch nickte. „Ich ruhe mich aus und ihr beide sucht ihn."

Sally bekam wieder einen Wutanfall. „Du musst mit hinaus, denn du bist der Einzige, der weiß, wo Adam sich zuletzt befand. Du musst zu dieser Stelle zurück und das Wrack suchen. Es muss dort irgendwo ganz in der Nähe sein." Sally machte eine Pause. „Und übrigens musst du allein tauchen. Wir haben keine zweite Taucherausrüstung mehr."

„So viel zu deinem tapferen Versprechen Adam zu retten", sagte Cindy.

Sally meinte schnippisch: „Der Vorsatz zählt. Aber Watch, du kannst dich ein paar Minuten ausruhen. Cindy und ich besorgen dir eine volle Sauerstoffflasche. Komm, Cindy, und hör endlich auf so unverschämt mit mir zu reden. Im Augenblick zählt nur Adams Leben."

Watch nickte. „Ich bleibe hier und kontrolliere, ob größere Mengen Blut an der Wasseroberfläche auftauchen."

Sally schüttelte den Kopf und sagte im Weggehen: „Manchmal habe ich das Gefühl, du hast keine Ahnung, was eine positive Lebenseinstellung ist."

8

Adam hatte aufgehört zu schreien. Er wusste jetzt den Grund dafür, warum das Skelett plötzlich auf ihn zugeschwommen war. Er hatte in seiner Panik im Wasser gestrampelt und so in der Kabine eine leichte Strömung bewirkt. Dadurch war das Skelett freigekommen und auf ihn zu getrieben. Das Skelett war nicht lebendig, zum Glück, sondern so tot wie alle anderen Lebewesen, die mit dem Schiff untergegangen waren. Es war zu schade, dass Mr. Spiney nicht da war, um das Skelett zu begutachten, dachte Adam. Der Bibliothekar hätte wahrscheinlich seine helle Freude an den starken weißen Knochen des alten Seemanns gehabt.

Adam wusste nicht, ob irgendjemand kommen würde, um ihn zu retten. Er hoffte, dass jemand kommen würde, denn er wollte sich nicht vorstellen, wie seine Knochen in ein paar Jahren aussehen würden – wenn er in diesem Schiff bliebe. Er hatte keine Ahnung, wie er seine Freunde auf seinen Aufenthaltsort hinweisen konnte. Eins war auf jeden Fall klar: Ohne Sauerstoffflasche konnte er nicht auftauchen. Er musste warten und Geduld haben.

Während er also wartete, betrachtete Adam eingehend den Inhalt der Kabine. Er versuchte herauszufinden, was für ein Mensch Kapitän Pillar gewesen war. Das Skelett allein sagte nicht viel aus. Die üblichen Dinge, die man in einer Schiffskabine erwartete, schwammen herum: Bücher, Stühle, Lebensmittelkartons. Aber am auffälligsten war der reichhaltige Getränkevorrat des Schiffes. Es schien so, als sei Kapitän Pillar mit Unmengen von Alkohol in See gestochen. Und wirklich, als Adam das Skelett genauer betrachtete, sah er, dass Kapitän Pillar noch in seinem nassen Grab eine Whiskyflasche umklammerte. Sogar im Tod konnte er nicht von dem Zeug lassen.

Adam fragte sich, ob der Ausfall des Leuchtfeuers wirklich die Ursache für den Untergang des Schiffes war. Er war sich ziemlich sicher, dass Kapitän Pillar in jener dunklen Nacht vor dreißig Jahren so betrunken war, dass er nicht mehr wusste, wohin er fuhr – mit oder ohne Leuchtfeuer. Sollte tatsächlich Kapitän Pillars Geist Neil entführt haben, dann hatte er kein Recht dazu.

Aber Adam war überzeugt, dass Neil nicht hier unten war. Und er glaubte auch nicht, dass er jemals hier gewesen war. Sallys Schlussfolgerung war zu vorschnell gewesen. Adam bezweifelte, dass Kapitän Pillar etwas mit dem Verschwinden des Jungen zu tun hatte. Zumindest nicht direkt.

Adam hoffte nur, er würde lange genug leben, um

192

seinen Freunden diese wichtigen Beobachtungen mitteilen zu können.

Die Zeit verging und Adam wurde es allmählich kalt. Er trug zwar einen Taucheranzug, doch jetzt, da er aufgehört hatte zu schwimmen, hielt ihn dieser nicht mehr warm. Aber es war Adam nicht möglich sich viel zu bewegen, da er sonst den Luftvorrat schneller aufbrauchen würde.

Er hatte ein weiteres Problem. Die Batterie seiner Taschenlampe wurde schwächer. Immer wieder flackerte das Licht und erlosch. Wenn es dann wieder kam, war es jedes Mal etwas fahler. Das Wrack wirkte mit Licht schon gespenstisch genug. Und dann erst im Dunkeln – Adam wusste nicht, ob er das würde ertragen können. Die Kälte würde langsam in sein Herz und in seine Lunge kriechen und er wäre nicht einmal in der Lage, um Hilfe zu rufen. Er überlegte noch einmal. Vielleicht sollte er einen schnellen Aufstieg zur Wasseroberfläche versuchen. Wenn seine Lungen platzten, dann hätte er wenigstens alles schnell überstanden.

Aber Adam blieb, wo er war.

Er wollte nicht, dass seine Lungen platzten.

Er war sicher, dass er dabei schreckliche Schmerzen ertragen müsste.

Noch mehr Zeit verstrich. Das Licht flackerte und erlosch.

Aber diesmal ging das Licht nicht wieder an.

„Oh, nein", flüsterte Adam. Er spielte am Schalter herum, schaltete ihn ein und aus. Aber die Lampe funktionierte nicht mehr.

Jetzt war er ganz allein im Dunkeln. Unter Wasser mit einem toten Seemann.

„Das hier ist schlimmer als der geheime Pfad", flüsterte Adam. Er begann bereits zu zittern. Noch nie zuvor war er an einem so kalten und dunklen Ort gewesen. Er versuchte sich daran zu erinnern, wie dies alles angefangen hatte. Eigentlich hätte das aufregendste Ereignis des Tages ein Frühstück mit Doughnuts und Milch sein sollen.

„Ja, aber du musstest wieder den Helden spielen", sagte er zu sich selbst. Das war das Problem bei den meisten Büchern und Filmen. Man erfuhr nichts über all die Helden, die nicht lange genug gelebt hatten, um ihre Geschichte zu erzählen. Er bezweifelte, dass es im *Daily Disaster* einen Artikel über seinen mutigen Versuch geben würde, den kleinen Neil zu retten.

„Das ist sowieso ein doofer Name für eine Zeitung", sagte Adam mit klappernden Zähnen.

Noch mehr Zeit verstrich. Allmählich spürte Adam seine Füße und Hände nicht mehr. Das ständige Zittern wurde langsam von einem schläfrigen warmen Gefühl verdrängt. Er wusste, dass dies schlecht war. Es war ein Zeichen für Hypothermia – er hatte darü-

194

ber in einer der Zeitschriften seiner Mutter gelesen. Bald würde er ohnmächtig werden und ertrinken und die Fische würden ihn dann fressen. Die Welt war grausam und die Stadt, in der er lebte, unheimlich.

Dann sah er ein seltsames gelbes Licht. Er fragte sich, ob er jetzt tot war und ob ein Engel kam, der ihn in den Himmel abholte. Er fand, das habe er verdient, da er so tapfer gestorben war. Das Licht kam näher und war jetzt ziemlich hell. Er überlegte, ob sein Schutzengel dick und nackt war wie die Engel auf alten Gemälden. Nicht, dass er besonders wählerisch war, aber er hoffte, dass ihn ein hübscher Engel holen würde.

Aber es war kein Engel. Ein menschlicher Kopf tauchte aus dem Wasser auf.

„Watch", sagte Adam leise. „Was machst du denn hier?"

Watch nahm seine Taucherbrille ab. „Ich bin vorbeigekommen, um dich zu retten."

„Du hast aber ziemlich lange gebraucht", sagte Adam, obwohl er überglücklich war seinen Freund zu sehen.

„Tut mir Leid. Ich hatte die Mädchen losgeschickt, eine neue Sauerstoffflasche zu holen, aber sie brachten stattdessen Lachgas. Der Taucherladen beliefert auch den Zahnarzt. Und es passiert oft, dass etwas verwechselt wird. Ich musste dann doch selbst zu dem Laden zurück." Watch leuchtete mit seiner Taschenlampe in der Kabine herum und deutete mit dem Kopf auf Kapitän Pillars Skelett, das noch immer die Whiskyflasche fest umklammerte. „Ist das der Kerl, dessen Geist Neil gestohlen hat?", fragte Watch.

„Ich glaube nicht", antwortete Adam. „Ich bin der Meinung, der Geist ist oben im Leuchtturm. Ich glaube, dass es nur einen Geist gibt. Erinnerst du dich an das Heulen, das wir gehört haben? Und es gab keine Möglichkeit, dass sich der Scheinwerfer selbst eingeschaltet hätte."

Adam erklärte Watch seine Theorie, dass das Schiff gesunken war, weil der Kapitän betrunken war, und nicht, weil der Scheinwerfer nicht geleuchtet hatte. Watch fand dies überzeugend. Trotzdem wollte er das Skelett mitnehmen.

„Warum?", fragte Adam.

„Weil man nie wissen kann", sagte Watch. „Der Geist im Leuchtturm will vielleicht mit ihm sprechen."

Adam kicherte. „Skelette können nicht sprechen."

„Ja, und Geister gibt es auch nicht. Vergiss nicht, wo du lebst. Mich würde es nicht wundern, wenn der Geist und das Skelett einen großen Streit beginnen würden. Das wäre nicht das erste Mal, dass so etwas hier passiert."

Adam gähnte. Wenn du willst, dann nehmen wir es

mit. Falls wir es nicht brauchen, können wir es ja Mr. Spiney schenken." Er zeigte auf Watchs Sauerstoffflasche. „Hast du mir eine eigene Flasche mitgebracht?"

„Nein. Aber du brauchst auch keine eigene. Wir können meine gemeinsam benutzen."

„Ist das nicht gefährlich?", fragte Adam.

„Nein, zu zweit geht es gut." Watch betrachtete wieder das Skelett. „Und ich glaube nicht, dass er Sauerstoff braucht."

9

Sally und Cindy waren überglücklich Adam lebendig wieder zu sehen. Adam war überrascht darüber, wie sehr die beiden sich freuten. Die Mädchen hatten Tränen in den Augen, als er die Felsen zur Mole hochkletterte. Sally versuchte natürlich hastig ihre Tränen wegzuwischen. Für Adam war es ein gutes Gefühl zu wissen, man hätte ihn vermisst, wenn er gestorben wäre. Heldentum wurde eben doch belohnt. Nicht, dass er wieder einen Kuss oder etwas ähnlich Großartiges erwartet hätte.

„Wenn ich nicht wäre, säßest du immer noch da unten bei den Fischen", sagte Sally. „Ich war diejenige, die herausgefunden hat, wo du warst. Ich habe die Hoffnung nie aufgegeben. Nicht einmal, als Cindy und Watch die Einzelheiten deiner Beerdigung besprachen."

„Das ist nicht wahr!", protestierte Cindy. „Insgeheim wusste ich, dass Adam durchhalten würde."

„Und deshalb hast du Lachgas statt Sauerstoff mitgebracht", sagte Sally.

Cindy war gekränkt. „Du hattest eine Flasche mit einem Totenschädel und gekreuzten Knochen ausgesucht."

198

„Apropos Knochen", sagte Watch, der Kapitän Pillar im Schlepptau hatte. „Den hat Adam auf dem Schiff aufgestöbert. Keine Angst, Cindy. Das ist nicht dein Bruder."

„Das sehe ich", sagte Cindy, die etwas grün aussah. Das Skelett war mit Seetang behangen und aus einer Augenhöhle krabbelte ein winzig kleiner Krebs. „Gab es keinerlei Hinweise auf meinen Bruder?", fragte Cindy leise.

„Nein", antwortete Adam. „Aber ich glaube, wir haben den falschen Geist gejagt. Wir müssen noch einmal den Leuchtturm durchsuchen."

„Aber wir haben ihn doch schon durchsucht", protestierte Sally. „Neil war nicht im Turm. Darauf wette ich ..."

„Meinen guten Ruf", beendete Watch den Satz.

„Wir haben die Räume nicht besonders gründlich untersucht", sagte Adam. „Was ist, wenn über dem obersten Stockwerk noch ein Speicher ist?"

Watch nickte, als er zur Spitze des Turms hochschaute. „Über dem Scheinwerfer könnte tatsächlich ein kleiner Raum sein. Zumindest sieht es von hier unten so aus." Watch zitterte. „Aber es ist schon spät und ich habe Hunger. Vielleicht sollten wir morgen versuchen Neil zu retten – nach einer warmen Mahlzeit und ein paar Stunden Schlaf."

Cindy war aufgeregt. „Und du glaubst wirklich, dass

mein Bruder mit einem bösen Geist zusammen in dem Turm steckt?", fragte sie Adam. „Wenn das stimmt, dann darf ich ihn nicht noch eine Nacht alleine dort lassen."

„Nach unseren Kenntnissen könnte der Geist auch ein ganz angenehmer Geselle sein", sagte Watch. „Denkt nur an Casper. Er war kein übler Kerl."

„Er war ein Jammerlappen", widersprach Sally. „Er beklagte sich ständig darüber, dass er tot war. Er hätte einmal ein paar Wochen in Spook City leben sollen und sehen, was wir durchmachen. Vielleicht hätte er dann mit seinem Gejammere aufgehört."

Adam schüttelte den Kopf. „Wir müssen zurück in den Leuchtturm, und zwar jetzt sofort, bevor es völlig dunkel wird."

„Sollen wir das Skelett mitnehmen?", fragte Watch.

„Es macht sich sicher gut, wenn wir es neben den Spinnweben aufhängen", sagte Sally.

„Ich habe nichts dagegen, wenn du es mitnimmst", sagte Adam. „Aber befreie mich bitte von der Taucherausrüstung."

Die Mädchen zogen sich am Seil zum Leuchtturm hinüber. Watch und Adam trugen noch immer ihre Taucheranzüge und schwammen deshalb. Diesmal hatten sie eine Taschenlampe dabei. Das war gut, denn während Adam unter Wasser in der Falle gesessen hatte, war die Sonne untergegangen. Als sie den

Leuchtturm betraten, erinnerte Sally sie daran, dass alles Schlechte, was geschehen war, zu genau dieser gleichen Tageszeit passiert war.

„In dieser Stadt muss man nicht bis Mitternacht warten, um Geister zu sehen", sagte sie.

Diesmal war Adam erleichtert, als sie hineingingen. Im Inneren des Turms war es nämlich bedeutend wärmer als auf der Mole und er hörte jetzt endlich auf zu zittern. Aber es war nicht nur diese warme Behaglichkeit, die ihm Mut machte. Adam hatte das Gefühl, als kämen sie Neil endlich näher. Was zuvor im Leuchtturm geschehen war, hatte ihnen einen Schrecken eingejagt. Deshalb waren sie nicht schon früher zurückgekommen. Aber nach dem entsetzlichen Erlebnis unter Wasser war Adam bereit sich allen Gefahren zu stellen.

Sie begannen die lange Wendeltreppe hochzusteigen. Wie beim letzten Mal war es auch diesmal ein anstrengender Aufstieg. Bald war ihnen heiß und sie begannen zu schwitzen. Aber niemand verlangte nach einer Pause. Watch schleppte das Skelett mit nach oben. Es war bemerkenswert, wie es dem toten Kapitän noch immer gelang die Whiskyflasche zu umklammern.

Nach etwa zehn Minuten erreichten sie die Falltür, die in den oberen Raum führte. Watch hob die Hand und bedeutete ihnen so, stehen zu bleiben.

„Denkt daran", sagte Watch, „wenn das Licht kommt, müsst ihr die Augen ganz fest schließen. Wir wollen nicht hier herumstolpern. Es könnte jemand durch die Luke fallen."

„Das wird mir nicht mehr passieren", sagte Cindy, die unbedingt weitergehen wollte.

Sie betraten das obere Stockwerk. Watch legte das Skelett auf den Boden und untersuchte die Kabel des Scheinwerfers noch einmal gründlich. Die anderen untersuchten inzwischen die hölzerne Decke. Daran hatten sie beim ersten Besuch nicht gedacht. Adam richtete die Taschenlampe auf ein paar eingekerbte Linien im Holz.

„Das könnten die Umrisse einer Tür oder von etwas Ähnlichem sein", sagte Adam.

„Aber wie sollen wir da hochkommen?", fragte Sally. „Und wie sollen wir die Tür öffnen? Ich sehe keinen Griff und kein Schloss."

„Ich gehe als Erster hoch und versuche es herauszufinden", sagte Adam. Er tippte Watch auf die Schulter. „Hilf mir den Tisch herüberzuschieben. Dann stelle ich den Stuhl oben drauf."

Watch betrachtete die Decke. „Das reicht nicht. Du kommst immer noch nicht ganz hinauf."

„Doch, wenn ich mich auf deine Schultern stelle", sagte Adam.

Watch gab sich beeindruckt. „Wenn du abstürzt,

brichst du dir das Genick." Er fügte hinzu: „Aber du könntest mich mit nach unten reißen."

„Das Risiko müssen wir eingehen", antwortete Adam entschlossen.

„Jetzt versucht er schon wieder Cindy zu beeindrucken", murmelte Sally.

„Ich komme mit dir in den Speicher hoch", sagte Cindy und warf Sally einen bösen Blick zu.

Gemeinsam rückten sie den Tisch an die richtige Stelle. Watch und Adam kletterten hinauf, Sally und Cindy reichten ihnen den Stuhl hoch. Watch stellte den Stuhl in die Mitte des Tischs, stieg hinauf und balancierte, bis er einen sicheren Stand hatte.

„Wie viel wiegst du eigentlich?", fragte Watch Adam.

Adam zuckte mit den Schultern. „Keine Ahnung. Weniger als du."

„Falls du fällst, halte dich ja nicht an meinen Haaren fest", sagte Watch. „Und stecke die Taschenlampe in deinen Gürtel, aber lasse sie eingeschaltet."

Adam machte, was ihm gesagt wurde. Dann schaute er zu Watch hoch.

„Wie soll ich eigentlich auf deine Schultern hochkommen?", fragte er.

„Das ist dein Plan", brummte Sally.

„Steig zu mir auf den Stuhl", sagte Watch. Wieder tat Adam, was ihm gesagt wurde. „Gut. Jetzt gib mir

203

den Fuß. Ich schiebe dich hoch. Und denk daran, was ich wegen meiner Haare gesagt habe."

„Wenn ich das Gleichgewicht verliere, kann ich mich dann wenigstens an deinen Ohren festhalten?", fragte Adam.

„Das ist in Ordnung", sagte Watch. „Aber zieh nicht zu fest. Ich habe keine Lust ins Krankenhaus zu gehen, um meine Ohren wieder annähen zu lassen."

„Das Hauptkrankenhaus von Spook City liegt ganz in der Nähe des Friedhofs", sagte Sally. „Und dafür gibt es einen guten Grund. Dort arbeitet nämlich ein Chirurg, der diesen Tick mit Ersatzteilen hat. Immer wenn er operiert, versucht er alle überflüssigen Organe zu entfernen. In der Schule gibt es einen Jungen, Craig. Er war im Krankenhaus, um sich die Mandeln entfernen zu lassen. Dieser Chirurg nahm ihm gleich noch eine Lunge heraus. Jetzt nennen wir ihn Craig Atemlos." Sally fügte hinzu: „Aber wenigstens ist er vom Sportunterricht befreit."

„Wie heißt dieser Chirurg?", fragte Adam. Falls er jemals krank werden sollte, würde er seine Eltern bitten diesen Arzt nicht zu konsultieren.

„Dr. Jonathan Smith", sagte Sally. „Aber im Krankenhaus nennen ihn alle Dr. Ripper."

„Könnten wir vielleicht etwas weniger plaudern und etwas mehr tun?", fragte Cindy.

Sally war beleidigt. „Du lebst noch nicht lange hier.

In Zeiten wie diesen können ein paar Informationen über Spook City dein Leben retten. Ich erinnere mich daran, als einmal dieser Troll ..."

„Ich gehe jetzt hoch", unterbrach Adam sie. „Fertig, Watch?"

Watch verschränkte die Hände, sodass Adam darauf steigen konnte. „Fertig. Sobald du auf meinen Schultern stehst, stütze dich mit den Händen gegen die Decke. Dann fällst du nicht so leicht."

Adam zögerte. „Du musst nicht niesen oder so?"

„Nein."

„Gut." Adam stellte einen Fuß in Watchs Hände und Watch schob ihn nach oben. Mit dem anderen Fuß stellte sich Adam sofort auf Watchs Schulter. Einen Augenblick schwankte er gefährlich und er war sicher, jeden Augenblick abzustürzen. Der Fußboden schien plötzlich furchtbar weit entfernt. Es wäre schon verhext zuerst beinahe zu ertrinken und dann, am selben Tag, zu Tode zu stürzen, dachte Adam.

„Greif an die Decke!", rief Watch.

Adam riss die rechte Hand hoch und berührte die Decke. Es gab nichts, woran er sich hätte festhalten können, und das Holz war ziemlich glatt. Aber wie Watch gesagt hatte, war er in der Lage seinen Stand dadurch besser zu stabilisieren, dass er gegen die Decke drückte. Bald hatte er das Gleichgewicht wiedererlangt.

„Du wiegst viel mehr als die meisten Zwölfjähri-
gen", brummte Watch.

„Ich bin nicht besonders groß", sagte Adam.

„Du hast eine hohe Dichte", entgegnete Watch. „Ich
kann dich nicht lange halten. Prüfe die Linien und
schaue, ob man irgendwie hineinkommt."

Adam musste nicht lange studieren. Sobald er die
Fläche zwischen den Linien berührt hatte, hob sich
eine Platte von fast einem Meter Größe nach oben.
Mit einer Hand hielt er sich am Rand fest, mit der anderen griff er nach der Taschenlampe und richtete sie
auf die Öffnung.

„Kannst du etwas sehen?", fragte Cindy ängstlich.

„Dunkelheit", sagte Adam ehrlich. „Ich muss in die
Luke hinein."

„Sei vorsichtig!", flüsterte Cindy.

„Die Zeit der Vorsicht ist vorüber", sagte Sally ge-
heimnisvoll.

Adam steckte die Taschenlampe in den Gürtel, damit er beide Hände frei hatte. Er wies Watch an ganz
ruhig zu stehen. Dann hielt er sich an einer Ecke der
Luke fest, zählte bis drei und zog sich mit den Armen
hoch. Seine Füße berührten Watchs Schultern nun
nicht mehr. Aber es gelang ihm nicht, die Beine durch
die Öffnung zu schwingen. Plötzlich baumelte er ohne
Stütze in der Luft. Watch war bereits vom Stuhl auf
den Tisch hinuntergestiegen.

„Warum lässt du mich hier hängen?", keuchte Adam, der sich kaum noch halten konnte.

„Ich hatte Angst, du könntest mir gegen den Kopf treten", sagte Watch.

„Nicht loslassen!", rief Cindy ängstlich.

„Ein wirklich guter Rat", meinte Sally sarkastisch.

Adam war klar, dass er nicht die ganze Nacht hier hängen konnte. Seine Arme ermüdeten schnell. So nahm er einen tiefen Atemzug und versuchte noch einmal sich hochzuziehen. Diesmal gelang es ihm einen Fuß in eine Ecke der Luke zu stellen. Das war die Stütze, die er brauchte. Einen Augenblick später saß er auf dem Fußboden des dunklen Speichers. Es gab kein Fenster. Weder das Licht des Mondes noch das der Sterne drang herein. Die anderen versammelten sich unter der Luke.

„Ist mein Bruder da oben?", rief Cindy zu ihm hoch.

„Ich muss mich erst umschauen", sagte Adam und ließ den Strahl der Taschenlampe durch den Raum wandern. Er hatte mit der Suche kaum begonnen, als sein Blick auf ein schreckliches Skelett in einem Schaukelstuhl fiel. Adam erschrak so sehr, dass er aufschrie und die Taschenlampe fallen ließ.

„Ahhh!", schrie er.

Die Taschenlampe war durch die Luke nach unten gefallen.

Zum Glück konnte Watch sie auffangen.

„Gibt es dort oben irgendetwas Interessantes?", fragte Sally beiläufig.

Adam klammerte sich an den Rand der Luke und lauschte in Panik, wie das Skelett sich näherte. Seit seinem Erlebnis auf dem geheimen Pfad wusste er, dass es gute Tote gab – das waren die, die tot blieben, und böse Tote – das waren solche, die mit den Lebenden ihre Spiele trieben. Aber er konnte fast nichts hören, da sein Herz so laut klopfte. Außerdem hatte er sich an seiner eigenen Spucke verschluckt und musste husten.

„Was passiert denn da oben?", fragte Cindy.

„Hier oben ist ein Toter", krächzte Adam.

„Ist das alles?", sagte Sally.

„Versucht der Tote dich umzubringen?", fragte Watch vollkommen sachlich.

„Ich weiß nicht." Adam atmete schwer. Wenn er nicht überzeugt gewesen wäre, sich dabei das Genick zu brechen, wäre er sofort wieder auf den Tisch hinuntergesprungen. So klammerte er sich weiter an den Rand der Luke und wartete darauf, dass eine Knochenhand sich auf seine Schulter legen und ihm das Fleisch vom Leib reißen würde. Aber eine Minute nach seinem letzten Nervenzusammenbruch war noch immer nichts passiert. Adam atmete allmählich wieder etwas ruhiger. Das Skelett bewegte sich also nicht.

„Wirst du angegriffen?", fragte Sally.

„Nein, mir geht es gut", sagte Adam schließlich.

„Es geht ihm gut", sagte Sally zu den anderen. „Er ist zwar fast verrückt vor Angst, aber es geht ihm gut."

„Kannst du mir die Taschenlampe hochwerfen?", sagte Adam zu Watch.

„Klar", sagte Watch. Er zielte sorgfältig und warf die Lampe nach oben durch die Luke. Adam konnte sie zum Glück bereits beim ersten Versuch fangen. Nach kurzem Zögern richtete er den Strahl wieder auf das Skelett. Es war kein schöner Anblick, auch nicht nach den Maßstäben für ein Skelett.

Sein Haar war lang und zerzaust. Es sah aus wie Stroh, das man in weiße Farbe getaucht und dann im Wind hatte trocknen lassen. Es trug Fetzen eines violetten Kleids, an dem die letzten dreißig Jahre die Käfer genagt hatten. Der Holzstuhl, auf dem es saß, machte den Eindruck, als würde er jeden Moment zusammenbrechen.

Aber am furchterregendsten war das Gesicht oder das, was davon übrig war. Der Unterkiefer hing herab. Die übrig gebliebenen Zähne waren bröckelig, grau und gelb. Die leeren Augenhöhlen starrten ihn an. Die Dunkelheit dieser Höhlen wirkte besonders tief und kalt. Adam musste sich zwingen wieder wegzuschauen. Er fühlte sich wie hypnotisiert.

Adam wurde klar, dass er das Skelett Evelyn Maeys anschaute.

Sie hatte zuletzt den Leuchtturm betrieben und sie war die Mutter des verschwundenen Rick.

„Ist mein Bruder da?", fragte Cindy wieder.

„Ich sehe ihn nicht", antwortete Adam. „Aber ..."

„Aber was?", fragte Sally, als Adam den Satz nicht beendete.

Adam legte den Kopf leicht zur Seite. „Ich glaube, ich höre etwas."

„Was?", fragten alle gleichzeitig.

„Ich bin mir nicht sicher", sagte Adam.

Das Geräusch war schwach, aber nicht weit entfernt. Es war kein Heulen, aber es war etwas ähnlich Beunruhigendes, falls es von einem hungrigen Monster ausgehen sollte. Adam glaubte Schritte zu hören. Aber nur einen Augenblick.

Er ließ das Licht über die Decke des Speicherraums streichen. Es war niemand da außer Mrs. Maey. Das Geräusch war nun nicht mehr zu hören.

„Was geschieht jetzt?", wollte Sally wissen.

„Nichts", murmelte Adam verwundert.

„Nichts geschieht", meldete Sally den anderen. „Und trotzdem treibt er uns vor Aufregung in den Wahnsinn."

„Ich will dort hinauf", sagte Cindy.

„Wie viel wiegst du?", fragte Watch und rieb sich die Schultern.

„Ich weiß nicht, ob du dir das antun sollst", sagte

Adam. „Hier oben ist ein ziemlich hässliches Skelett, Cindy."

„Als ob wir hier unten ein gut aussehendes hätten", bemerkte Sally.

„Ich muss da hinauf", beharrte Cindy.

Watch seufzte. „Aber zieh nicht an irgendeinem meiner Körperteile, wenn du das Gleichgewicht verlierst."

Watch und Cindy kletterten auf den Stuhl und Watch schob sie dann zur Decke hoch. Da Adam zu ihr hinuntergreifen und ihr helfen konnte, hatte Cindy weit weniger Probleme den Speicherraum zu erreichen, als er gehabt hatte. Kurze Zeit später saß sie neben ihm auf dem staubigen Fußboden. Adam richtete den Strahl der Lampe auf Mrs. Maey. Cindy schnappte entsetzt nach Luft.

„Sie ist hässlich", flüsterte sie.

„Sterben kann einen so zurichten", bemerkte Adam und stand auf.

Genau in diesem Moment passierten gleichzeitig mehrere schreckliche Dinge.

Die Holzklappe der Luke fiel zu.

Cindy versuchte sie wieder aufzuziehen.

Aber sie war fest verschlossen.

Unten neben Sally und Watch begann sich der riesige Scheinwerfer zu bewegen, bis er gerade nach oben zur Decke gerichtet war.

„Was passiert denn jetzt?", schrie Sally.

Der Scheinwerfer schaltete sich ein.

Das Licht blendete sie. Sally und Watch taumelten zurück und hielten sich die Augen zu. Das Licht war so stark, dass es zwischen den feinen Ritzen der Fußbodenbretter des Speichers durchdringen konnte. Adam und Cindy, die jetzt von ihren Freunden abgeschnitten waren, wurden ebenso geblendet. Es war, als sei unter ihren Füßen gerade die Sonne aufgegangen. Adam packte Cindy und zog sie zu sich heran.

„Die Klappe lässt sich nicht mehr öffnen!", schrie sie.

„Hast du sie zugeworfen?", schrie Adam zurück.

Er musste schreien, damit sie ihn verstehen konnte, denn plötzlich ertönte ein lautes Heulen, als ob ein Sturm vom Meer hereinbrechen würde.

Oder ein Geist plötzlich zum Leben erwachen würde.

„Nein!", schrie Cindy. „Sie ist von selbst zugefallen."

„Watch!", rief Adam. Er ließ sich auf die Knie fallen und versuchte die Klappe aufzuziehen. Sie war nicht nur geschlossen. Sie bewegte sich kein bisschen. Es war, als wäre sie zugenagelt worden. „Sally!"

Watch und Sally antworteten nicht. Oder wenn sie es taten, dann wurden ihre Stimmen durch das Heulen übertönt. Doch als er da stand, seine Augen gegen das Licht abschirmte und herumschaute, wusste Adam, dass dieser Ton nicht vom Wind herrührte. Der Staub im Speicher blieb weiterhin ungestört. Von außen konnte kein Lufthauch eindringen. Der Ursprung des Tons war übernatürlich. Sie hatten ihren Geist gefunden und es war wahrscheinlich ein Fehler gewesen, dass Cindy gesagt hatte, das Skelett sei hässlich.

Denn der Geist erwachte zum Leben.

Adam beobachtete, dass dort, wo die blendenden Strahlen des Scheinwerfers das Skelett trafen, eine seltsame Form Gestalt anzunehmen begann. Sie schien aus Staub und Licht zu bestehen und es sah aus, als zöge sie alles an, was geeignet war diese Form zu bilden. Als das Geräusch eine ohrenbetäubende Lautstärke erreicht hatte und der Speicher zu beben begann, sahen Adam und Cindy, wie sich dort, wo das Skelett saß, der Geist einer alten Dame materialisierte.

Das Skelett verschwand jedoch nicht. Sie konnten es noch immer sehen – durch den Nebel des Geistes der alten Dame. Und plötzlich sah das Skelett gar nicht mehr so beängstigend aus, denn der Geist, der sich an seiner Stelle zu bewegen begann, war tausendmal schlimmer. Er starrte sie mit seltsam violetten Augen an, die ein kaltes Feuer auf sie warfen. Er hob die Arme und die faltigen Hände sahen wie Klauen aus.

Die rasiermesserscharfen Nägel, die sich an den verkrümmten Fingerspitzen bogen, ließen Cindy aufschreien. Offensichtlich hatte sie diese Hände schon einmal gesehen.

„Das ist der Geist, der meinen Bruder geholt hat!", kreischte sie.

„Das überrascht mich nicht", brachte Adam heraus. Er legte einen Arm um Cindy und zog sie vorsichtig zurück, weg von dem Geist, der inzwischen aufgestanden war. Einen Moment blickte sich das Ding suchend im Speicher um. Aber dann richtete es seine Augen wieder auf Cindy und Adam und machte einen Schritt in ihre Richtung. Cindy zitterte in Adams Armen und er fühlte sich selbst auch nicht sehr stark.

„Was, glaubst du, will sie?", fragte Cindy keuchend.

„Einen von uns", flüsterte Adam. „Vielleicht uns beide."

In diesem Augenblick hörten sie das Weinen eines kleinen Jungen.

Das Geräusch kam von weiter oben. Über dem Speicher gab es noch einen Speicher.

„Neil!", schrie Cindy. „Das ist mein Bruder." Sie ließ Adam los und ging wütend auf den Geist zu. „Du hässlicher alter Geist!", schimpfte sie auf das Ding ein. „Du gibst sofort meinen Bruder zurück!"

„Du solltest ihn vielleicht nicht beleidigen", schlug Adam vor. „Versuch bitte zu sagen."

Aber Cindy war zu wütend. Über ihr schrie ihr Bruder und hämmerte gegen die Decke des Speichers. Da entdeckte Adam die Klappleiter, die an der Decke festgeschraubt war. Sie diente offensichtlich dazu zum zweiten Speicher hinaufzusteigen. Er musste nur irgendwie an die Leiter herankommen. Zwischen ihm und der Leiter stand der Geist und dieser sah nicht so aus, als sei er bester Laune. Cindy stach dem Geist beinahe ihren Finger in das Gesicht.

„Du hattest kein Recht ihn zu holen", sagte Cindy. „Er hat dir nichts getan." Dann rief sie nach oben: „Wir kommen, Neil!"

„Versuche auf die andere Seite zu gelangen", flüsterte Adam.

Cindy blickte über die Schulter zurück. „Warum denn?"

„Mach es einfach", sagte Adam. „Ich erkläre es dir später. Lenk den Geist ab."

Cindy nickte und wandte sich wieder dem Geist zu, der noch immer böse schaute. Aber er wirkte unsicher, als wisse er nicht, was er mit ihnen anfangen sollte. Cindy bewegte sich von ihrem Standort nach rechts weg. Der Geist folgte ihr. Adam begann sich nach links zu bewegen.

„Lass Neil einfach gehen. Dann zeige ich dich auch nicht an", erklärte Cindy dem Geist. „Wir vergessen alles und tun so, als sei es nie passiert."

Der Geist richtete seine ganze Aufmerksamkeit auf Cindy. Er bewegte sich sogar genau dann, wenn sie sich bewegte. Adam konnte die Gelegenheit nutzen. Er sprang leise vor, ergriff ein Ende der Leiter und klappte sie vorsichtig herunter. Sie quietschte kaum. Adam durchströmte eine Woge des Triumphs. Wenn es ihm gelänge in den zweiten Speicher hochzusteigen und Neil zu holen, dann könnten sie alle zum Abendessen wieder draußen und zu Hause sein. Er stellte das Leiterende auf den Boden und trat auf die erste Sprosse. Oben gab es eine weitere Falltür aus Eisen. Er würde sie problemlos hochdrücken können.

Adam schaffte es – beinahe. Nur noch ein paar Schritte, und er wäre bei Neil gewesen. Doch der Geist war nicht blind.

Adam spürte, wie eine starke Hand seinen Knöchel umfasste.

Er schaute nach unten und wollte eigentlich gar nicht sehen, was ihn gepackt hatte. Der Geist starrte wütend zu ihm hoch. Seine violetten Augen glühten feurig und er knurrte. Mit der anderen Hand umklammerte er Adams zweiten Knöchel. Dann fiel Adam. Der Geist hatte ihm die Füße weggezogen.

Adam schlug hart auf dem Boden auf. Schmerz durchströmte seine rechte Seite und er konnte nur mit Mühe einatmen. Bevor er sich erholt hatte, war der Geist schon über ihm. Er war schrecklich stark für eine alte Frau, besonders, wenn man bedenkt, dass sie schon seit dreißig Jahren tot war.

Der Geist packte ihn an den Armen und hob ihn vom Boden hoch. Einen Augenblick starrte Adam ihm direkt ins Gesicht. Er war immer noch durchsichtig, aber es schien, als würde der Geist mit jeder Sekunde massiver. Auf alle Fälle hatte er einen schlechten Atem. Er sah Adam hämisch an, dann warf er den Kopf zurück und riss den Mund auf. Wieder erschütterte das Heulen den Speicher.

„Vielleicht könnten wir alles besprechen", sagte Adam. „Wir werden uns bestimmt handelseinig."

Der Geist war nicht in der Stimmung für Verhandlungen. Er trug Adam zur Wand hinüber. Mit einem festen Tritt brach er ein Loch in die Mauer. Adam spürte, wie die kalte Luft hereinströmte. Der Geist trat noch einmal zu und ein großer Teil der Außenmauer brach ein. Der Geist schob Adam durch die Öffnung. Weit unten – gute dreißig Meter tief – sah er, wie sich die Wellen an den zerklüfteten Felsen brachen. Der Wind zerrte an seinen Haaren. Der Geist lockerte langsam den Griff. Das war es also, dachte Adam. Er würde sterben. Er hatte keine Chance den Sturz zu überleben.

„Adam!", schrie Cindy.

Der Geist ließ ihn fallen.

10

Sally und Watch waren in der Zwischenzeit sehr beschäftigt. Als sich der Scheinwerfer wieder eingeschaltet hatte, taten sie genau das, wovor Watch zuvor selbst gewarnt hatte. Sie stolperten halb blind herum. Diesmal wäre Sally beinahe durch die Luke der Falltür in die Tiefe gestürzt. Zum Glück stieß sie in diesem Augenblick mit Watch zusammen. Sie beschlossen die Falltür zu schließen.

„Was passiert da oben?", fragte Sally wieder. „Was ist das für ein Heulen?"

„Ich schätze, der Geist ist erwacht", sagte Watch und hielt die Hand wie einen Schutzschild gegen das Licht vor die Augen.

Sie hörten von oben Rufe, konnten aber nicht verstehen, was gerufen wurde.

„Wir müssen Adam retten!", rief Sally.

„Und was ist mit Cindy?", fragte Watch.

„Die können wir auch retten", sagte Sally. „Schnell, steig auf den Tisch und den Stuhl."

„Nein", bremste Watch sie. „Es ist klar, dass der Geist da oben ist. Die beiden scheinen in der Falle zu sitzen. Wenn wir hochklettern, sitzen wir wahrscheinlich ebenfalls in der Falle."

„Du bist ein Feigling", sagte Sally. „Wir können sie doch nicht im Stich lassen."

„Davon war auch nie die Rede", sagte Watch. „Aber ich glaube, wir haben es mit einem mächtigen Geist zu tun. Er war schließlich in der Lage Neil von draußen, vom Ende der Mole wegzuholen. Wir müssen ihn im Zentrum seiner Macht treffen."

„Und wo soll das sein?", fragte Sally.

Watch zeigte auf das blendend helle Licht. „Dort. Jedes Mal, wenn der Geist auftaucht, leuchtet der Scheinwerfer."

„Du hast Recht!", rief Sally. „Komm, wir zerschlagen die Lampen."

Das klang einfach. Watch hob den Stuhl hoch und holte aus, um die Scheinwerferlampen zu zerschmettern, doch es ging nicht. Als er auf den Lichtstrahl traf, war es, als schlüge er gegen ein Kraftfeld. Das Holz zerbarst in seinen Händen und die Holzsplitter flogen im ganzen Raum umher. Watch taumelte zurück, und hätte Sally ihn nicht aufgefangen, wäre er zu Boden gestürzt.

„Ich glaube, der Scheinwerfer ist auch verhext", sagte Sally.

Watch richtete sich wieder auf und nickte. „Aber ich glaube noch immer, dass ich ihn außer Betrieb setzen kann. Erinnerst du dich daran, dass Adam erzählt hat, im Vorratsraum wären Kerosinfässer gelagert? Ich selbst habe sie nicht gesehen, aber ich glaube, dieser Scheinwerfer wird von einem Generator im Leuchtturm mit Energie versorgt. Vielleicht befindet er sich in diesem Vorratsraum und wahrscheinlich wird er mit Kerosin betrieben. Es muss Kabel geben, die direkt von unten hochverlegt wurden. Ich weiß sicher, dass das städtische Stromnetz das Ding hier nicht mit Energie versorgt. Die Kabel sind zu alt und zu kaputt."

„Was hast du jetzt vor?", fragte Sally.

„Ich renne hinunter und zerstöre den Generator. Ich hoffe, dass dadurch der Scheinwerfer erlischt und der Geist Ruhe gibt."

„Das ist sehr gut", sagte Sally. „Aber was mache ich in der Zeit?"

Watch schaute zur Decke hoch. Dort oben herrschte großer Lärm. Es klang nicht so, als hätten Adam und Cindy eine angenehme Zeit mit dem Geist.

„Vielleicht gibt es eine Möglichkeit den Geist etwas zu bremsen, bis ich beim Generator angekommen bin", sagte er.

„Sag mir schon, was ich machen soll!", herrschte Sally ihn an.

„Ich habe über den Artikel nachgedacht, den wir in der Bibliothek gelesen haben. Darin stand, die Betreiberin des Leuchtturms habe Evelyn Maey geheißen. Und wir wissen, dass ihr Sohn Rick hieß."

„Ja, und?"

„Du kennst doch die Leute vom *Daily Disaster*. Sie bringen die Fakten meistens ein wenig durcheinander. Was wäre, wenn sie aus Versehen den Buchstaben *k* ausgelassen hätten? Was wäre, wenn der Name in Wirklichkeit Makey war?"

Sally blinzelte. „Wie bei Cindy Makey?"

„Ja. Als wir die Taucherausrüstung holten, erzählte mir Cindy, der Name ihres Vater sei Frederick gewesen. Ihre Mutter habe ihn Fred genannt. Aber vielleicht hat die Mutter ihres Vaters ihn Rick gerufen."

„Aha! Du willst damit also sagen, dass Cindys Vater der kleine Junge war, der vor dreißig Jahren ins Meer gespült wurde?"

„Genau. Überlege einmal. Wo wohnt Cindy jetzt? Im Haus ihres Vater, gleich neben dem Leuchtturm."

„Das stimmt. Cindy muss also die Enkelin des Geists sein! Watch, du bist ein Genie!"

„Das wusste ich schon mit vier Jahren."

„Moment mal", sagte Sally. „In der Zeitung stand aber auch, dass der Junge Rick nie gefunden wurde."

„Und Cindy erzählte, dass ihr Vater als Waisenkind aufwuchs. Er wurde wahrscheinlich ins Meer hinausgerissen und erst wieder ans Ufer zurückgespült, als er schon fast in San Francisco war. Dann ist es nicht verwunderlich, dass er den Weg nach Hause nicht mehr fand."

„Und Mrs. Makey starb ohne zu erfahren, dass ihr Sohn noch am Leben war", sagte Sally und nickte. „Deshalb wurde sie solch ein böser, bitterer Geist."

„Ja, das war wohl der Grund, und das Leben hier, glaube ich", sagte Watch.

Sally äußerte einen letzten Zweifel. „Aber Frederick muss doch als Erwachsener nach Spook City zurückgekommen sein und Anspruch auf das Haus seiner Mutter erhoben haben. Er muss gewusst haben, wo es war."

„Vielleicht kam die Erinnerung zurück, als er älter wurde", meinte Watch.

Sally nickte. „Vielleicht waren seine Stiefeltern netter als die alte Schachtel da oben. Wahrscheinlich wollte er gar nicht mehr zurück nach Hause."

„Spook City ist ein harter Ort, um nach Hause zu kommen", stimmte Watch ihr zu.

Sie hörten einen lauten Schlag von oben.

Es klang, als sei ein Körper zu Boden gestürzt.

„Du kümmerst dich um den Generator", sagte Sally zu Watch. „Ich kümmere mich um den Geist."

Watch eilte die Wendeltreppe hinunter. Sally suchte nach einem zweiten Zugang zum Speicher. Draußen vor den Fenstern, durch deren Öffnung der Scheinwerfer normalerweise hinausleuchtete, befand sich ein hölzerner Balkon. Sally hatte ihn schon früher bemerkt, aber bei der ganzen Aufregung wieder vergessen. Sie überlegte, ob es möglich wäre auf das Balkongeländer zu steigen und von dort aus in den Speicher zu klettern. Sie entschied, dass es einen Versuch wert war.

Sie packte den Stuhl und schleuderte ihn gegen das Fenster. Das Glas zersplitterte auf Anhieb und brach heraus. So konnte sie auf den Balkon steigen, ohne sich Hände und Beine zu zerschneiden. Erst da entdeckte sie die Tür, die auf den Balkon führte. Es wäre also gar nicht notwendig gewesen das Fenster zu zerschlagen. Sally beschloss Cindy den Schaden bezahlen zu lassen.

Sally stand auf dem Balkon und prüfte, ob das Geländer ihr Gewicht tragen würde, als Steine und Verputz auf sie herabzuregnen begannen. Sie hörte, wie die Mauer oben durchgetreten wurde. Sie schaute nach oben und sah verblüfft, wie Adam durch das Loch im Leuchtturm geflogen kam. Ohne nachzudenken streckte sie den Arm aus und wie durch ein Wunder bekam sie Adam an einem Arm zu fassen. Adam hing an der Seite des Balkons, seine Füße baumelten dreißig Meter über den Felsen.

„Adam!", kreischte sie und kämpfte darum nicht loszulassen. „Was machst du denn?"

Er schaute zu ihr hoch, die Augen so groß wie Untertassen. „Ich dachte, ich würde sterben." Er rang nach Luft. „Schnell, zieh mich hoch."

„Ich versuche es ja. Du bist so schwer."

„Das ist meine hohe Dichte. Ich weiß."

Irgendwie schaffte es Sally Adam so weit hochzuziehen, dass er von außen einen Fuß auf den Boden des Balkons stellen konnte. Von dort konnte er problemlos über das Geländer nach innen klettern. Adam brauchte einen Augenblick, um wieder zu Atem zu kommen und die Fassung wiederzuerlangen. Inzwischen erläuterte Sally ihm Watchs Theorie über die Verbindung zwischen Cindy und dem Geist. Natürlich erklärte Sally es zu ihrem Verdienst diese Verbindung erkannt zu haben. Sally erzählte ihm auch, was Watch vorhatte. Adam deutete auf das Loch in der Mauer des Leuchtturms. Das Loch, durch das ihn der Geist eben erst hinausgeworfen hatte.

„Wir müssen wieder zurück", sagte er. „Der Geist wird versuchen als Nächste Cindy zu töten."

„Cindy ist ein starkes Mädchen. Sie kann auf sich selbst aufpassen."

„Sally!"

„Ich habe nur Spaß gemacht. Habt ihr irgendetwas über Neil erfahren?"

„Ja. Er steckt in einem Speicher über dem Speicher. Aber jetzt hilf mir auf dem Geländer zu balancieren. Zum Reden haben wir jetzt keine Zeit."

Sally stützte Adam, als er auf das Geländer kletterte. Er erreichte das Loch mühelos. Das einzige Problem war nun, dass Sally ihm nicht folgen konnte. Sie hatte niemanden, der sie festhalten konnte.

„Du musst allein mit dem Geist sprechen!", rief sie Adam zu, als er durch das Loch verschwand.

Sie blieb, wo sie war, und erwartete fast, dass Adam wieder durch das Loch geflogen käme. Er war ja so ein dynamischer junger Mann.

Im Speicher traf Adam eine schreckliche Situation vor. Der Geist hatte Cindy gepackt und versuchte sie die Leiter zum zweiten Speicher hochzuschleppen. Wahrscheinlich wollte er sie zu ihrem Bruder sperren. Aber Cindy wehrte sich mit aller Kraft. Sie hatte ein Büschel Haare des Geists in der Hand und riss daran. Dem Geist schien dies überhaupt nicht zu behagen. In das Heulen mischte sich Bitternis und Schmerz. Adam musste schreien, um den Lärm zu übertönen.

„Mrs. Makey!", schrie er. „Sie halten gerade Cindy Makey, Ihre Enkelin!"

Der Geist erstarrte und schaute zu ihm hinüber. Cindy verhielt sich genauso.

„Ich bin nicht mit dieser hässlichen Kreatur verwandt", schimpfte Cindy.

Adam kam auf sie zu. „Wie hieß dein Vater?"

„Das habe ich dir doch gesagt", sagte Cindy. „Frederick Makey. Warum?"

Adam kam noch näher. „Wie hieß Ihr Sohn, Mrs. Makey?"

Der Geist ließ Cindy los und stand regungslos da. Er starrte Adam an. Das Feuer in den Augen schien blasser zu werden und plötzlich wirkte das Gesicht nicht mehr so Furcht erregend. Das Licht wurde weicher und wandelte sich zu einem warmen, gelben Leuchten. Das Heulen hörte auf, als Adam freundlich weiterredete.

„Der Name Ihres Sohnes war Frederick Makey", antwortete er für den Geist. „Der Geist des Schiffs, das draußen sank, hat Ihren Sohn nicht entführt. Wir haben das Skelett unten. Wenn Sie wollen, können Sie mit ihm sprechen. Das Schiff lief auf das Riff, weil der Kapitän betrunken war, und nicht, weil das Licht des Leuchtturms ausgefallen war. Wie es aussieht, wurde Rick einfach ins Meer gespült. Er wurde weit fortgetragen und konnte nicht mehr nach Hause zurück. Aber wir wissen, dass er nicht starb in dieser Nacht vor dreißig Jahren. Er heiratete nämlich später und hatte eine Familie." Adam machte eine Pause. „Mrs. Makey, Cindy ist Ihre Enkelin."

Der Geist wandte sich wieder Cindy zu. Er streckte die Hand aus, um sanft ihr Haar zu berühren. Aber da schienen sich Zweifel in ihm zu regen und er hielt in der Bewegung inne. Adam wusste, er musste jetzt rasch handeln.

„Cindy", sagte er. „Erzähle Mrs. Makey etwas, das nur dein Vater und sie gewusst haben konnten."

„Ich verstehe nicht", murmelte Cindy, die noch immer auf der Leiter stand, direkt neben dem Geist.

„Vielleicht etwas, das seine Mutter ihm beigebracht hat", sagte Adam. „Etwas, das er dann später dir beigebracht hat."

Cindy überlegte. „Er hat mir dieses Gedicht beigebracht. Ich weiß, dass er es schon als Kind kannte. Aber woher er es kannte, weiß ich nicht."

„Sag es einfach auf!", drängte Adam.

Cindy sprach schnell das Gedicht.

Das Meer ist eine Dame.
Sie ist zu allen freundlich.
Aber wenn du ihre schlechten Stimmungen
und Launen vergisst,
ihre kalten Wellen, ihre Wasserwände,
dann wirst du fallen
in ein kaltes Grab,
wo du den Fischen als Futter dienst.

Das Meer ist eine Prinzessin.
Sie ist immer schön.
Aber wenn du zu tief tauchst
in den Abgrund, wo der Oktopus wohnt,
dann wirst du verzweifeln
in einem kalten Grab,
wo die Haie dich zerfleischen.

„Es ist ein schreckliches Gedicht", sagte Cindy, als sie fertig war.

„Bitte verwende die Wörter *schrecklich* und *hässlich* nicht in Gegenwart von Mrs. Makey", sagte Adam. Der Geist machte ein nachdenkliches Gesicht. Adam fragte sanft: „Mrs. Makey, haben Sie Ihrem Sohn dieses Gedicht beigebracht?"

Der Geist nickte langsam und dabei rann eine einzelne Träne über seine Wange.

Die Träne schien nicht aus Wasser zu bestehen. Sie sah vielmehr aus wie ein Diamant und glitzerte im Licht des mächtigen Scheinwerfers.

Wieder wandte sich der Geist Cindy zu. Adam verstand, was er wissen wollte. Cindy verstand ebenfalls. Sie berührte den Geist an der Schulter.

„Mein Vater war ein großartiger Mann", flüsterte Cindy. „Er hatte ein glückliches Leben. Er heiratete eine wunderbare Frau und hatte uns Kinder." Dann senkte sie den Kopf und auch ihr liefen Tränen über das Gesicht. „Vor ein paar Monaten starb er bei einem Feuer." Cindy schluchzte. „Es tut mir so Leid. Ich weiß, dass du ihn vermisst. Ich vermisse ihn auch."

Da machte der Geist etwas sehr Bemerkenswertes. Er umarmte Cindy. Nein – es war mehr, er tröstete sie. Für ein paar Augenblicke lagen sie sich in den Armen und weinten gemeinsam, obwohl Adam das Weinen des Geists nicht hören konnte.

Dann wurde der starke Lichtschein, der durch den Fußboden leuchtete, blasser.

Cindy und der Geist ließen einander los.

Adam trat vor. „Watch hat den Generator lahm gelegt. Er hat die Energiezufuhr unterbrochen." Adam schaute den Geist an. „Es tut mir Leid. Ich weiß nicht, ob Ihnen das schadet. Unser Freund versuchte nur uns zu retten."

Zu Adams Überraschung lächelte der Geist und schüttelte den Kopf, als wollte er sagen, dass es in Ordnung sei. Cindy hatte den gleichen Eindruck.

„Ich glaube, es macht ihr nichts aus", sagte Cindy. „Ich glaube, sie will jetzt weiterziehen." Sie nahm die Hand des Geists und sagte aufgeregt: „Du kannst meinen Vater sehen! Deinen Sohn!"

Das Lächeln des Geists wurde noch breiter. Ein letztes Mal umarmte er Cindy und nickte Adam zu. Es war fast, als wollte er sich bedanken.

Dann erlosch der Scheinwerfer und sie tauchten in Dunkelheit ein.

Zunächst schien es absolut dunkel zu sein. Dann bemerkte Adam, dass seine Taschenlampe an der Falltür lag und sogar noch brannte. Er hob sie auf. Nach dem Licht des Scheinwerfers erschien das der Taschenlampe sehr kümmerlich.

Der Geist war verschwunden.

Schnell kletterte Cindy die Leiter zum obersten

Speicher hoch und wenig später erschien sie wieder und hatte einen fünfjährigen Jungen an der Hand.

„Neil!", weinte sie.

„Cindy!", rief ihr Bruder immer wieder. Er war glücklich. „Habt ihr den Geist getötet?"

„Nein", sagte Adam. „Wir haben ihm nur den Weg nach Hause gezeigt."

Aber das Abenteuer war noch lange nicht ausgestanden.

Die drei rochen plötzlich Rauch.

Adam rannte zur Falltür, die sich mühelos öffnen ließ. Aber was er unten sah, beruhigte ihn keineswegs. Ganz unten am Fuß der Wendeltreppe sah er riesige orangerote Flammen lodern. Sally hielt sich in dem Raum unterhalb des Speichers auf, wo sich der Scheinwerfer befand. Sie schaute ebenfalls nach unten. Bevor Adam etwas sagen konnte, steckte Watch seinen Kopf durch die Falltür zu Sallys Füßen. Er grinste über das ganze Gesicht.

„Es ist mir gelungen den Generator zu zerstören", sagte er.

„Was hast du gemacht?", schrie ihn Sally an. „Du hast ihn wohl gesprengt?"

„Ja. Genau das habe ich gemacht", antwortete Watch und kletterte durch die Luke. Er stand neben Sally und schaute hinunter in die Flammen, die sich rasch im Inneren des Leuchtturms ausbreiteten. Sein

Lächeln war erstorben, als er fortfuhr: „Zu schade, dass es hier keinen Feuerlöscher gibt."

„Aber dann sitzen wir hier doch in der Falle!", kreischte Sally. „Wir werden alle sterben!"

„Ich will nicht verbrennen", flüsterte Cindy, die neben Adam stand. In ihrer Stimme war Angst zu spüren.

„Wir werden nicht sterben", sagte Adam. „Wir haben schon zu viel durchgemacht, als dass dies geschehen darf." Er stand auf und sagte zu den anderen: „Wir müssen vom Balkon ins Wasser springen."

„Du bist wahnsinnig", sagte Sally. „Ein Sturz aus dreißig Metern Höhe bringt uns um."

„Nicht unbedingt", sagte Watch. „Wenn man von sehr weit oben ins Wasser springt, ist es in der Regel die Oberflächenspannung, die tödlich wirkt. Wenn es uns gelingt die Spannung zu brechen, kurz bevor wir auf dem Wasser auftreffen, dann dürften wir den Sprung heil überstehen."

„Was bedeutet Oberflächenspannung?", fragte Neil seine Schwester.

Sie streichelte seinen Rücken. „Das erkläre ich dir später, wenn Watch es mir erklärt hat."

„Willst du damit sagen, dass wir, wenn wir zum Beispiel ein Brett haben, das vor uns auf dem Wasser aufschlägt, den Sprung überleben können?", fragte Adam.

„Genau", antwortete Watch. „Kommt herunter. Wir brechen Bretter aus dem Balkongeländer."

Adam half Cindy und Neil die Leiter hinunterzusteigen und folgte dann selbst nach. Sie eilten alle auf den Balkon hinaus. Ein scharfer, kalter Wind war aufgekommen. Er zerrte an ihren Haaren. Tief unten sahen sie riesige Wellen gegen die Felsen schlagen. In den letzten Minuten war die Brandung stärker geworden.

Es war nicht schwierig das Geländer auseinander zu brechen. Bald standen für jeden ein paar Bretter zur Verfügung.

Doch die Zeit wurde immer knapper. Die ersten Flammen brachen schon bis zu dem oberen Raum durch, in dem sich der Scheinwerfer befand. Die Lampen zischten und explodierten. Ein schauerlicher Regen aus Glas und Funken ging nieder. Die gesamte Gegend war in oranges Licht getaucht. Die Temperatur stieg an.

„Werfen wir die Bretter vorher ins Wasser?", fragte Sally.

„Nein", sagte Watch. „Wir würden sie nie einholen. Werft die Bretter vor euch hinunter, nachdem ihr gesprungen seid. Sie sollen etwa eine Sekunde vor euch auf dem Wasser auftreffen."

„Was passiert, wenn ich auf dem Brett aufschlage?", wollte Sally wissen.

„Dann stirbst du", sagte Watch.

Nach dieser Antwort gab es nichts mehr zu sagen. Die Zeit für große Reden war sowieso vorbei. Das Feuer züngelte bereits zu ihnen auf den Balkon herauf. Rauch erfüllte die Luft. Es war kaum noch möglich zu atmen. Sie mussten alle husten. Gemeinsam traten sie von der neu geschaffenen Öffnung im Geländer zurück. Sie mussten mit Anlauf abspringen, um über die Felsen hinauszufliegen. Cindy hielt Neil im Arm. Sie wollte sich nicht von ihm trennen, obwohl Adam ihr angeboten hatte den Jungen zu nehmen. Adam wurde klar, dass er das Brett für Cindy werfen musste. Sie nickten sich zu und rannten los.

Sie flogen und fielen. Es war das furchtbarste Erlebnis, das man sich vorstellen konnte.

Adam kam es vor, als flöge er für immer. Der kalte Wind schnitt ihm ins Gesicht und riss an seinen Haaren. Er sah die Felsen, die Wellen ‒ alles drehte sich in einem großen Wirbel. Die Erde schien den Platz des Himmels eingenommen zu haben. Er wusste nicht mehr, wo oben und wo unten war. Aber er erinnerte sich daran, dass er die Bretter werfen musste.

Dann gab es einen unglaublichen Aufprall.

Adam hatte das Gefühl, als würde er flach wie ein Pfannkuchen zusammengepresst.

Um ihn herum wurde es schwarz und kalt.

Er stellte fest, dass er unter Wasser war. Er konnte

die anderen nicht sehen, und im Augenblick hatte er auch keine Zeit sich Sorgen um sie zu machen. Er schwamm zur Oberfläche und hoffte, dass er auch wirklich die richtige Richtung eingeschlagen hatte. Nach wenigen Sekunden tauchte sein Kopf in die Nachtluft auf. Es war ein herrliches Gefühl einen tiefen Atemzug zu nehmen. Er war als Erster hochgekommen. Aber die anderen tauchten jetzt schnell nacheinander auf. Winzige Köpfe, die aus der rauen See schauten.

„Kannst du schwimmen?", fragte Adam Neil.

„Ich bin ein prima Schwimmer", antwortete Neil stolz.

Sie schwammen zum Ende der Mole, dorthin, wo sie das Seil angebunden hatten. Sie mussten den richtigen Augenblick abwarten, um auf die Felsen zu klettern, damit sie nicht von den Wellen zerschmettert wurden. Aber die Nacht hatte schließlich doch noch Erbarmen mit ihnen. Plötzlich beruhigten sich die Wellen, und bald waren alle auf trockenem Boden. Oder zumindest auf ein paar Felsen, über die sie auf trockenes Land gelangen konnten.

Cindy war furchtbar aufgeregt, weil sie ihren Bruder wieder hatte. Sie ließ ihn gar nicht mehr los, umarmte ihn und drückte ihn an sich und überschüttete ihn mit Küssen. Adam war glücklich, als er die beiden so sah.

„Deine Mutter wird überrascht sein deinen Bruder wiederzusehen", sagte er zu Cindy.

„Das ist sehr milde ausgedrückt", meinte Cindy. „Ich möchte, dass du meine Mutter kennen lernst. Meine Mutter möchte immer alle Jungen kennen, mit denen ich befreundet bin."

„Na ja ... Es ist noch nicht klar, ob du und Adam eine dauerhafte Freundschaft haben werdet", sagte Sally gedehnt.

Cindy kicherte. „Ich glaube, wir werden alle Freunde sein. Sogar du und ich, Sally."

„Abwarten", meinte Sally mit zweifelnder Miene. Aber dann lächelte sie und klopfte Adam und Watch auf den Rücken. „Eine weitere heldenhafte Mission wurde erfolgreich beendet. Ich muss sagen, ihr habt gute Arbeit geleistet, Jungs."

„Du warst diejenige, die das Geheimnis entschlüsselt hat", sagte Adam. „Ohne dich hätte der Geist uns alle getötet."

„Was sagst du da?", fragte Watch.

„Nichts", sagte Sally rasch. „Ich erkläre es dir später." Sie zeigte auf das Meer hinaus. „Es ist wirklich kaum zu glauben, dass wir heute keinen Hai gesehen haben. Ich schätze, das Meer ist hier gar nicht so gefährlich, wie ich immer dachte."

Aber Sally hatte zu früh gesprochen. Eine riesige weiße Rückenflosse zog an ihnen vorbei. Sie sprangen alle auf den höchsten Felsen und hielten einander ganz fest.

„Du darfst nie vergessen, wo wir leben", flüsterte Adam. „Du sprichst ein wahres Wort", sagte Sally und schnappte nach Luft. Auf dem Heimweg machten sie Halt, um ein paar Doughnuts zu essen. Alle bis auf Neil bestellten Kaffee. Sie brauchten ihn zur Beruhigung der Nerven. Der Tag war ein wenig zu aufregend gewesen.

Allan Baillie

Der Fluch der versunkenen Stadt

Nick ist sauer: Von England musste er nach Australien umziehen – in ein ödes Kaff mitten im Busch. Aber bald entdeckt er, dass die Gegend ein Geheimnis birgt. Denn aus dem benachbarten Stausee taucht gespenstisch eine versunkene Goldgräberstadt auf. Dort soll ein Schatz vergraben sein, der Unglück bringt. Zu spät entdeckt Nick, dass er nicht der Einzige ist, der hinter dem Schatz her ist ...

224 Seiten, ab 12

Dan Gutman

Gefahr aus dem Cyberspace

Yip hat wenig Freunde und beschäftigt sich am liebsten mit seinem Computer. Eines Tages erschafft er mit seinem neuen Computerprogramm einen künstlichen Jungen. Plötzlich geschieht das Unglaubliche: Der CyberBoy wird lebendig und bricht aus dem Bildschirm aus! Erst ist Yip begeistert, weil er endlich einen Freund hat. Doch bald bekommt er es mit der Angst zu tun, denn der Junge aus dem Cyberspace ist nicht so harmlos, wie er aussieht ...

128 Seiten, ab 10